Gloria

Les Éditions Pierre Tisseyre remercient le Conseil des Arts du Canada du soutien accordé à son programme d'édition dans le cadre du programme des subventions globales aux éditeurs, ainsi que la SODEC et le ministère du Patrimoine du Canada.

http://ed.tisseyre.qc.ca
Courriel: info@éd.tisseyre.qc.ca

Données de catalogage avant publication (Canada)

Brousseau, Linda

Gloria

(Collection Papillon; 52).
Pour les jeunes.

ISBN 2-89051-641-5

I. Titre. II. Collection: Collection Papillon (Éditions Pierre Tisseyre) ; 52.

PS8553.R68465G56 1997 jC843'.54 C96-941537-0
PS9553.R68465G56 1997
PZ23.B76Gi 1997

Dépôt légal: 2e trimestre 1997
Bibliothèque nationale du Canada
Bibliothèque nationale du Québec

Illustration de la couverture
et illustrations intérieures:
Yolaine Lefebvre

Gloria

roman

Linda Brousseau

ÉDITIONS PIERRE TISSEYRE

5757, rue Cypihot — Saint-Laurent (Québec) H4S 1R3

L'auteure désire remercier de tout cœur Gilles Rioux pour son immense talent d'organiste qui lui a inspiré l'histoire de Gloria.

Elle tient aussi à remercier chaleureusement tous ceux et celles qui l'ont encouragée et soutenue à différentes étapes de l'écriture de ce roman: Perry Adler, Christian Bourdy, Mario Boies, Mireille Brodeur, Lise Brousseau, Isabelle Crépeau, Stéphanie Descôteaux, Normand Martel, Yvan Plante, Camillo Zacchia.

À Denise

1

Jésus en personne!

Le 25 mars 1950 est une date que je n'oublierai JAMAIS. En l'espace de quelques heures, tout s'est écroulé autour de moi. À cause de ma petite sœur, Marianne. Au matin, à l'aube même de sa vie, elle a quitté la maison, silencieuse comme un ange, et je ne l'ai plus jamais revue. La douleur s'est installée aussitôt dans mon ventre et le vide, dans mon cœur. Depuis, j'erre dans la vie et dans ma chambre comme dans un immense désert. Sans fleurs. Ni papillons. Mes livres et mes jeux ne m'intéressent plus. Je pense à Marianne.

Parfois, la colère me gagne et je crie: «Pourquoi as-tu pris le grand escalier blanc qui mène au paradis? POURQUOI? Tu aurais pu m'avertir, ou au moins me donner un indice!»

Puis je me calme.

L'après-midi, vers trois heures, avec la permission de maman, je vais écouter Jérémie jouer de l'orgue à la basilique Notre-Dame-des-Trois-Étoiles. C'est son heure de pratique. Chaque fois, je monte le rejoindre au jubé. Il enfile ses souliers noirs d'organiste et il m'invite à m'asseoir sur une chaise droite, à côté de lui. Je ne bouge plus. Pour ne pas le déranger. Je respire sa musique par les pores de ma peau. Par le cœur. Ses doigts agiles courent sur les notes. Ses pieds valsent sur les pédales. Il ne fait qu'un avec la musique. Je n'existe plus. Des larmes roulent inévitablement sur mes joues. De vraies petites gouttes de pluie chaude. Chaque note fait vibrer les cordes sensibles de mon être tout entier. Je jurerais que Jérémie les harmonise avec les battements de mon cœur.

Surtout lorsqu'il interprète sa *Septième Symphonie,* une composition à lui. J'en ai des frissons partout. Et Jérémie la joue toujours à mon arrivée. Il me parle rarement. Pour ne pas se déconcentrer, c'est sûr. Les fausses notes, ce n'est pas drôle. Et le père Rodolphe pourrait se fâcher.

Moi, j'aime tellement Jérémie. Surtout quand il me sourit. Il devient tendre comme mon oreiller. Je me blottirais contre lui.

Aujourd'hui, j'y retourne vers dix-neuf heures, juste après la colère de papa. Jérémie n'y est pas. La basilique est vide. Silencieuse. Pas un son. Pas une note.

Je reste quand même. Pour ne pas rentrer trop tôt à la maison. Ça chauffe pas mal depuis que ma petite sœur est partie. Papa a laissé son emploi. Il traîne du matin au soir. Il pleure. Il chiale. Il hurle que sa vie est un cauchemar. Il appelle Marianne. Il blâme maman de l'avoir couchée sur le ventre, d'avoir surchauffé la maison à la fin du mois de mars. Effondrée sous le poids de ses accusations, elle lui lance à son tour: «Si tu n'avais pas empesté la chambre de ta fumée de cigarette, aussi!» Puis elle s'enfuit en sanglots. Il m'engueule, moi aussi. Pour rien.

Le drame de ce soir n'était pourtant pas si grave, comparativement à celui du départ de Marianne. Je lui ai annoncé que j'avais oublié mon calepin de leçons à l'école. Juste ça. Mais papa n'est plus du tout le même. Il m'a foutue à la porte en disant:

— Tu reviendras quand tu l'auras!

Ma mère a crié:

— Voyons, Serge! L'école est fermée!

En réalité, il est dans la poche de mon manteau, mon calepin, mais pas question de le lui dire. D'ailleurs, mademoiselle Henriette, la maîtresse, n'a même pas donné de devoirs. Mais je n'ai pas le choix. Il me faut de très gros prétextes pour sortir de la maison. J'inventerais n'importe quel mensonge et je subirais toutes les colères du monde pour pouvoir me réfugier à la basilique.

Ici, les cauchemars ne me rattrapent pas comme dans mon lit. Et c'est à deux rues de chez moi, près du fleuve.

Je me promène dans les allées au parfum d'encens et je regarde les vitraux, le cœur gros. Je me dirige vers celui où un petit berger retrouve sa brebis égarée dans les buissons. C'est mon préféré.

C'est fou. Je suis convaincue que Marianne est dans cette image. Elle est en haut, dans le ciel pastel. Elle me regarde. Elle veille sur moi.

Je chuchote:

— Marianne! Je sais que tu es là. Je m'ennuie de toi, tu ne peux pas imaginer à quel point! Reviens! Ça va aller mieux à la maison!

Une voix, juste à mes côtés, me répond:

— *Bonjour, Gloria!*

Je fige, raide comme la statue de la Sainte Vierge.

La voix reprend:

— *Gloria!*

Non! Ça ne se peut pas! Du bout des lèvres, j'articule:

— Ma… Marianne! C'est… c'est toi? Tu es de retour!

Dans ma tête, mes pensées filent à cent kilomètres à l'heure. Non! Impossible que ce soit elle! Elle n'avait que trois mois quand elle est partie. Et un bébé de trois mois, ça ne parle pas. Ça gazouille et ça fait plein de *broue* avec sa salive. C'est tout.

Alors, qui est-ce? À qui est donc cette superbe voix? Et comment sait-elle mon nom?

Je me retourne doucement, engourdie comme dans un rêve. La bulle dans laquelle je vis, depuis que Marianne est montée au ciel, semble vouloir éclater comme une bulle de savon. Mais elle résiste.

Une silhouette floue, enveloppée d'une douce lumière blanche, se dresse devant moi.

La peur me saute au cou et mes jambes me propulsent littéralement derrière l'autel. Mon cœur se démène comme une mouche tombée dans l'eau bénite. J'ose lancer un regard effrayé au-dessus de la nappe. Est-ce que je rêve?

Je me frotte les yeux. Me pince. Rien à faire! Elle est toujours là.

Que m'arrive-t-il? Qui est cette personne entourée de lumière? Un doute m'effleure. Jé... Jésus? Non. Voyons donc! Qu'est-ce que j'imagine? Mais pourquoi lui ressemble-t-il autant? Et... et si c'était lui?

Des milliers de petites flammes de lampions dansent autour de moi. Mon cœur bat si fort qu'il m'assourdit. Comme si les cinq mille quatre cent vingt-cinq tuyaux de l'orgue de Jérémie s'étaient mis à résonner en même temps.

Je distingue à peine des sandales brunes et une tunique blanche d'une autre époque! Je suis effrayée. Et fascinée. Je tente de calmer mon cœur tout fou. En vain.

Il faut que je sache si c'est bien lui. On ne s'improvise pas Jésus, comme ça, dans la vie d'une fillette de douze ans, sans papiers d'identité! Je suis du genre à avoir une imagination plus fertile que tous les jardins royaux du monde entier. Des personnages, ma tête en fourmille. Je n'ai pas le choix: je dois vérifier si celui-ci n'en ferait pas partie. Ou j'ai la berlue, et ce personnage lumineux est une terrible hallucination, ou il est réellement Jésus en personne, envoyé du ciel par Dieu le Père lui-même. Mais je dois être prudente. Si c'est vraiment lui, je risque de lui causer de la peine en lui montrant que je doute. Alors, je lui demande, avec toute la naïveté et l'innocence dont je suis capable d'habiller ma voix:

— Qui... qui es-tu? C'est quoi ton p'tit nom?

D'une voix éteinte, il répond:

— *On me nomme Jésus.*

C'est le genre de réponse qui assommerait la plus solide des incroyantes. Quelques lampions réapparaissent autour de ma tête, mais je les éteins rapidement.

Dans un souffle, je murmure:

— Je rêve! Pas de doute: j'ai des hallucinations!

La silhouette lumineuse s'avance vers moi en douceur.

Mes yeux sont ronds comme des rosaces. Mon sang ne fait qu'un tour. La main sur la bouche, je m'écrie:

— C'est... c'est incroyable!

— *N'aie pas peur!*

N'aie pas peur! N'aie pas peur! Facile à dire! Je suis vissée à la table, pétrifiée, la bouche sèche, incapable de fuir ce cauchemar ou ce miracle, je ne sais plus.

Mes jambes tremblent comme de grandes tiges de roseaux au vent.

Elles sont incapables de me soutenir. Et ma vue se brouille de plus en plus depuis que je prends les médicaments que le docteur Langlois m'a prescrits. Ça ne m'aide pas.

C'est papa qui a décidé que je devais consulter un médecin. «Tu es toujours dans la lune, dit-il. C'est très malsain et ça nuit à tes études».

Mais je ne suis pas dans la lune. Je suis partout dans le ciel, avec Marianne.

Maman, elle, comprend. Elle aimerait alléger ma peine. M'aider à oublier que Marianne est partie si loin. Si haut. Mais elle a de la misère elle-même. Elle renifle tout le temps. Elle tente de ravaler ses larmes devant moi. Elle essaie de faire sa forte. Mais elle n'y parvient pas. Elle craque tout le temps. Parfois, elle s'enferme dans la salle de bains et ouvre un robinet pour que je ne l'entende pas pleurer. Mais des torrents de larmes, c'est très bruyant. Ça contient plein de cris, et l'eau qui coule est incapable de tous les enterrer. Encore ce matin, je les ai entendus. Maman est venue me visiter au moins quinze fois cette nuit, pour s'assurer que je respirais. Ses yeux sont tout cernés. Et elle n'en peut plus.

Je pense que maman est très fatiguée.

Elle a beaucoup maigri. Papa aussi. Moi, j'engraisse! Je mange pour trois. Surtout du sucre à la crème. Et du chocolat. C'est tellement bon! Même que, parfois, ça m'aide à ne pas pleurer.

De son côté, papa, lui, m'oublie. Sa tête est remplie de l'absence de Marianne. Il n'y a pas de place pour moi.

Je suis de trop. Je l'encombre.

J'observe cet être céleste qui se déplace comme une aurore boréale. Doucement, je sens le calme pénétrer en moi.

Jésus tend ses bras vers moi. Le temps d'apercevoir une cicatrice dans le creux de chacune de ses mains, il disparaît subitement. Comme une lumière qu'on éteint. Il retourne dans son paradis, sans ajouter un mot.

Je respire un bon coup. Sa petite escale sur la terre est un million de fois plus effrayante que rassurante. Au fond, je préférerais qu'il me laisse tranquille. Je n'aime pas trop trop ce genre d'apparition. Ce n'est pas normal.

Je quitte la basilique, toujours enfermée dans ma bulle. Elle ne me lâche pas.

Là, j'ai un *vlimeux* de gros problème sur les épaules: comment vais-je expliquer à mes parents que j'ai rencontré Jésus? Et si je leur disais: «Maman, papa, assoyez-vous. Ce que j'ai à vous annoncer est très grave. Je... j'ai...» Non. Pas comme ça. C'est trop effrayant. Je vais plutôt dire: «Maman, papa, vous souvenez-vous de Bernadette Soubirous, celle qui a vu la Sainte Vierge. Eh bien, moi aussi je... j'ai...» Non. Pas comme ça non plus. Ça ne marchera pas. Ils vont me déclarer folle pour l'éternité!

Je n'en mène pas large.

Et si les petites pilules bleues du docteur Langlois me donnaient des visions et des hallucinations, en plus!

En tout cas. Une chose est sûre, elles ne me guérissent pas du départ de Marianne. Et là, je vais passer une nuit blanche. Ou noire. Bof! Ce n'est pas grave. De toute façon, je n'aime plus dormir. Je fais trop de

cauchemars et je mouille mon lit.
C'est devenu LE moment à fuir. Parce
que d'horribles pensées se glissent
sous mes draps pour me harceler:
Est-ce que je vais me réveiller? Est-
ce que je suis en danger? Est-ce
qu'*ils* vont venir me chercher pendant que je dors? Est-ce que je vais
cesser de respirer, moi aussi? Est-ce
que la mort va surgir de sous mon lit
pour m'assaillir?

Je ne prends pas de risque. Je
garde les yeux ouverts jusqu'à ce que
le sommeil les ferme de force.

Je rentre sur la pointe des pieds
et je passe devant papa. Il ronfle en
face de la fenêtre du salon! Je retiens
mon souffle. S'il fallait que je le réveille, je n'en aurai pas fini!

Je dépose mon calepin de leçons
sur la table de la cuisine. Bien en
vue.

Maman vient me rejoindre dans
ma chambre. Ses paupières sont en-
flées. Elle renifle, encore.

— Papa n'est pas tout à lui, mon
trésor. Il est à fleur de peau. Ta petite
sœur... son travail... Il...

— Maman! J'ai rencontré Jésus!

2

Croire ou ne pas croire?

Elle ne me croit pas. Elle qui est si pieuse. Qui va à la messe tous les dimanches. Qui rencontre le père Rodolphe une fois par semaine. Ça m'inquiète un petit peu. Vers qui vais-je me tourner?

Ma mère est écrivaine. Elle invente des histoires très drôles pour les enfants. Cette fois, elle aurait de quoi en écrire une bien différente. Eh! Jésus en personne vient d'entrer en contact avec sa fille! De quoi nourrir ses futurs romans pour des années! Dommage qu'elle ne saisisse pas cette extraordinaire occasion. Pour une fois, ce serait moi, sa source d'inspiration. Même qu'elle pourrait glisser des passages sur Marianne. Mais elle ne cesse de répéter qu'elle n'est pas du genre à tremper sa plume dans sa souffrance. Elle attend que ça passe.

Cette fois, ça risque d'être long.

Elle me caresse un peu la tête en me disant:

— C'est bien. Tu peux lui parler, il va toujours t'écouter. Il sera un bon compagnon durant cette période difficile. Mais pour l'amour du ciel, ne raconte pas trop d'histoires! Les enfants de ta classe vont rire de toi.

Déjà que Maurice Morrissette et ses amis ne cessent de me narguer. Ils rêvent de me mettre un voile sur la tête. À cause de mes yeux bleus et de mon visage angélique. Selon eux, je ressemble aux religieuses que l'on voit dans les films et dans les églises. Ça m'enrage. Parce que ce n'est pas ma faute. Je suis née comme ça. Je n'y peux rien.

Le lendemain, je m'assois bien tranquillement à mon pupitre et je dessine un berceau... vide, avec une brebis gravée dessus. Soudain, une douce lumière apparaît. Je lève les yeux: Jésus est là.

Mon crayon tombe de ma main et j'avale quasiment tout rond ma gomme *balloune* aux fraises que je mâchais avec nervosité. J'ai pourtant bel et bien jeté dans le bol de toilette la pilule que maman m'a donnée au déjeuner.

Je ne peux retenir un cri:

— JÉSUS!

Les élèves de la classe au grand complet se tournent vers moi. Mademoiselle Henriette, la maîtresse, arrête d'écrire au tableau. Sa craie se fige dans les airs.

Mes joues sont en feu.

Elle ne dit pas un mot, mais elle est fâchée. Je le constate aux coups de craie vifs qu'elle donne maintenant sur le tableau en écrivant:

SILENCE DANS LA CLASSE!

La craie se brise sur le point d'exclamation.

Les élèves replongent leur nez dans leur livre. Le calme revient, mais Jésus est toujours devant moi. Ce sans-gêne (je le dis tout bas, du bout des lèvres, car si quelqu'un m'entendait, on me lapiderait) est plutôt insistant. Il me dérange en plein milieu de mon cours de caté-chisme. Ma colère monte jusqu'aux nuages. Non mais, faut le faire! Il ne se rend pas compte que...

Je chuchote très bas, entre mes dents serrées:

— Laisse-moi tranquille! Je ne t'ai rien demandé! Mon père va être fu-rieux s'il apprend que je distrais la classe! Tu vas m'attirer plus d'ennuis que de paix! Et puis, tu vois bien que ce n'est pas le moment! J'étudie TON histoire, là!

Il reste près de mon pupitre sans dire un mot. Comme un ange veillant sur moi. Je bouillonne.

— Va-t'en! Mademoiselle Henriette va avertir mon père! Toi, tu peux vi-vre des milliers et des milliers d'an-nées, ce n'est pas grave. Mais, moi, mon père va me tuer, CE SOIR, s'il apprend que je dérange toute la classe! Et ça, en ce qui me concerne, c'est de la plus haute importance! Je ne suis pas prête à coucher au ciel, cette nuit, figure-toi donc! Même si j'ai bien envie d'aller vérifier si les anges changent avec soin les couches de Marianne. Et s'ils lui donnent sa suce... avec un petit peu de miel dessus.

Je ravale un sanglot. Si le père Rodolphe m'entendait, il me donnerait bien trois chapelets à réciter comme pénitence! On ne doit jamais parler comme ça à Jésus. JAMAIS! Surtout s'il nous fait l'honneur et le privilège exceptionnels de descendre sur terre juste pour nous! Mais je suis maintenant comme papa: soit je m'isole, soit j'éclate pour un rien. Et, quand la colère l'emporte, ça sort tout *croche*.

Il comprend, j'en suis certaine, que les reproches de papa vont s'abattre sur moi comme la foudre s'il me cause des ennuis. Déjà que mes notes sont de plus en plus mauvaises.

Jésus est bon et compréhensif.

Il me sourit tendrement, puis disparaît de nouveau, me laissant perplexe.

Maurice Morrissette, assis à ma gauche, me lance:

— Crotte d'éléphant du Bengale! Tu parles à Jésus, maintenant!

Je réplique, en essayant de ne pas lui montrer que ses attaques me gèlent le cœur:

— Non! À... à ma grand-mère qui est au ciel!

— Et elle s'appelle Jésus!

— Oui! Marie-Jésus!

— Et tu la tutoies, en plus!

— Oui! Chez nous, on est très moderne.

— Tu es une impolie!

Maurice éclate de rire et lève les yeux dans les airs. Je me sens *niaiseuse.*

À la récréation, la prédiction de maman se réalise: je suis la risée de mes camarades. Maurice s'en donne à cœur joie. Il a comploté avec ses amis. L'enfer commence. Le ciel me tombe sur la tête comme une cloche d'église. Ça me fait mal jusqu'aux ongles d'orteils.

Les élèves me taquinent. Ils se disent disciples de Jésus.

— Sainte Gloria des p'tits cœurs malheureux!

Les autres répondent en chœur:

— Prie pour nous!

Maurice, juché dans l'arbre, se prend pour Dieu le Père, et Jacquot, en bas, pour Jésus, son fils bien-aimé. Et ils se moquent.

Maurice crie à tue-tête:

— Mon fils! Ne vois-tu pas qu'il y a une sainte à tes côtés?

Et Jacquot répond:

— Non, papa! Je ne vois rien. Absolument rien! Le devrais-je?

Dorothée, ma meilleure amie, passe devant moi. Elle fait semblant de ne pas me connaître. Elle joue à la Madeleine-qui-pleure. Elle regarde vers Maurice et s'écrie:

— Seigneur! Je vous en supplie! Ne nous laissez pas entre les mains de cette fausse sainte de Gloria! Nous allons tous être crucifiés!

Je m'éloigne, l'air indifférent, comme si leur petit jeu ne m'affectait pas une miette, mais ils ne sont pas fous. Maurice me lance:

— Pourquoi marches-tu en zigzaguant? Pourquoi tes joues sont-elles toutes rouges?

Les autres éclatent de rire.

Ils ne m'aiment pas. Ce n'est quand même pas ma faute si, depuis plus de deux mois, je ne suis plus la même. C'est à cause de ma bulle. Elle m'empêche de jouer avec eux. Elle m'isole. Mais ça, ils ne le savent pas. Ils ne la voient pas. Ils pensent que je fais ma fraîche. Que je les snobe. Et ils n'aiment pas ça du tout.

En plus, que Jésus s'absente du ciel pour venir me voir, c'est loin d'aider ma cause. Si, pour être une élue, je dois perdre tous mes amis et être ridiculisée, ça ne me tente pas. C'est déjà assez difficile comme ça. Je n'ai pas la vocation d'une martyre, après tout!

En apprenant le décès de Marianne, Maurice et ses copains m'ont laissée en paix. Mais pas longtemps.

Tout le village sait que ma sœur est morte. Nos méchants voisins d'en face, eux, en ont profité pour lancer une terrible rumeur: ils ont accusé mes parents de grave négligence. Sans savoir! Sans même nous questionner sur ce qui s'était passé. C'est affreux. Et elle court, elle court, la rumeur. Pas moyen de l'arrêter ni de lui donner une jambette.

Évidemment, c'est invivable pour maman et pour papa qui se sentent déjà terriblement responsables de la mort de ma petite sœur. Selon ces méchantes langues, ils n'en auraient pas pris assez soin!

C'est faux! Je le jure! Ils ont viré le ciel et la terre à l'envers pour elle. Ils ont vidé les magasins, aussi. J'étais là, moi, et je les ai vus se démener pour elle. L'aimer. La chouchouter. Même que j'en étais un petit peu jalouse. Maman ne me lisait plus d'histoire pour m'endormir. Elle était épuisée. Faut dire qu'aujourd'hui non plus, elle ne m'en lit pas. À cause de ses yeux rouges.

Je me réfugie à la bibliothèque. J'emprunte trois bandes dessinées: *Les Enfants de Fatima, Bernadette Soubirous* et *Thérèse de Lisieux.*

Plus je lis, moins je me sens seule. Parce qu'ils ont vu, eux aussi, des apparitions divines. Mais une question me trotte sans cesse dans la tête: est-ce que moi, c'est vraiment Jésus que je vois?

Ma bulle devient opaque comme un nuage et me brouille de plus en plus la vue.

Et si je fabulais? Comment savoir? Maman invente bien des personnages, elle aussi! Voyons donc!

Imaginer que Jésus m'a choisie! Moi! Non mais! Si c'est réellement lui, sa liste de critères de sélection aurait dû être beaucoup plus longue et plus sérieuse. Ce n'est sûrement pas le départ de Marianne pour le paradis ni mes trous au cœur qui ont influencé son choix. Je n'ai même pas pleuré quand elle est morte. Enfin, pas tout de suite. Mes larmes se sont figées en moi. Comme du plâtre. Oui! Jésus s'est trompé de personne à cause de mon visage angélique. Et il ne s'en doute pas encore! Peut-être que, avec les années, il est devenu myope. Eh! Regarder de si loin! C'est inquiétant, quand même! S'il a fait cette erreur, ça va être TER-RI-BLE.

J'ai de plus en plus peur. Je me demande qui va me croire. Même maman en est incapable!

Pour me rendre à la basilique, je longe le fleuve. Le vent me fouette le visage. Mes pensées s'entortillent comme du blé dans une tempête. Le père Rodolphe répète souvent que la foi déplace les montagnes; c'est bien beau mais, pour l'instant, la mienne s'affaiblit. Elle ne soulève que des petits cailloux avec l'aide de mes coups de pied rageurs. Je frappe sur ma peine pour la chasser. Pour ne pas la laisser monter. Elle est trop douloureuse. À la place, je peste contre Maurice Morrissette. Je le transforme en caillou. Ça me soulage un peu, mais le bon Dieu ne doit pas être content. Je me demande, d'ailleurs, pourquoi il a créé ce Maurice-là. Pourquoi a-t-il inventé un garçon aussi cruel et méchant? Tu parles d'une idée! Et Dorothée, pourquoi se retourne-t-elle contre moi? Je ne lui ai rien fait!

Mystère! Aussi incompréhensible et insoluble que celui de la Sainte Trinité.

Avant d'entrer, je m'appuie contre un saule pleureur pour respirer un peu. C'est le genre d'histoire qui vous coupe le souffle et, surtout, le quotidien en petites rondelles d'inquiétude.

Puis, j'ouvre les grandes portes. Jésus est encore là, près de l'autel.

Mais qu'est-ce qu'ils attendent, les médicaments, pour cesser de me donner ces visions?

Je me dirige vers lui, prête à éclater comme un sac de pop-corn. Il demeure calme, pas nerveux pour deux sous. Comment fait-il pour conserver cette paix intérieure après avoir été témoin de deux mille ans de guerres, de famines, d'injustices et tout et tout? Moi, j'écoute un film d'horreur à la télé et j'en ai pour au moins deux semaines avant de m'en remettre. Juste d'y repenser, tout plein de frissons s'éparpillent sur mon corps comme des flocons. Jésus doit vivre un cauchemar sans fin. Eh! Toutes les scènes atroces et effrayantes qu'il a emmagasinées dans sa tête depuis tant de siècles! C'est terrible!

De mon œil incrédule, je l'examine de haut en bas. Je suis étonnée de constater que le Jésus-des-temps-modernes n'a pas atterri sur la planète avec des cheveux rouges dressés sur la tête et un jean troué, histoire de s'adapter à notre monde. Non! Il n'a pas l'air d'avoir changé d'une seule ride. Est-ce pour que je le reconnaisse?

Il m'intrigue de plus en plus.

Je suis face à lui. Avec crainte, je glisse ma main dans l'aura de lumière qui l'enveloppe. Une onde de chaleur me traverse. Je la retire aussitôt!

— Tu... tu es vraiment réel!

Je suis consternée. Je ne peux quand même pas avoir des hallucinations de la main!

Le visage pâle, je lui demande d'une voix chevrotante:

— Pour... pourquoi es-tu là? Que me veux-tu?

— *Gloria, j'ai un secret à te confier.*

Un secret! Jésus, le vrai Jésus est devant moi. Et il veut me révéler un secret! À moi! Ça ne se peut pas! Vraiment pas!

Cette fois, j'en suis sûre, j'ai un gros problème!

3

Le secret

Je patauge dans une mare de questions. Une foule de pensées contradictoires bombardent ma tête, mais je veux connaître ce secret. Je ne dis plus un mot. J'écoute.

Un rayon de lumière jaillit du vitrail et se pose en douceur sur Jésus. Et sur moi. Comme pour créer l'atmosphère propice à la grande révélation.

Du vrai cinéma!

Au-dessus de nous, dans la basilique, Jérémie, mon complice musical sans le savoir, enfin je crois, commence à jouer. À improviser.

Accompagné de notes tendres et feutrées, Jésus me confie son secret. Un secret tout doux qui se dépose en moi comme un léger baume sur mes blessures encore si fraîches.

Nous restons longtemps ensemble. Si je n'avais pas peur de passer au travers, je me blottirais contre lui. Mais il me semble n'être fait que de lumière.

Le temps n'existe plus. Pour la première fois depuis que Marianne a pris le grand escalier blanc, mon cœur bat moins vite, et mes pensées ne courent pas le marathon dans ma tête. Je suis bien. Juste bien!

Ça me fait tout drôle en dedans. On dirait que je suis unie à lui par un filet de lumière. Comme s'il partait de son cœur pour aller vers le mien. Tout est soudain pur. Parfait. Sans artifice. Comme sur une image. Je baigne dans sa lumière blanche, chaude, et je suis emmitouflée d'une paix toute douce. Toute moelleuse.

Les notes de Jérémie sont de petites lucioles qui dansent dans les airs. Elles descendent, rieuses. Frôlent le silence. Effleurent nos cœurs. Puis, elles remontent vers la voûte de la basilique pour s'unir et ne faire plus qu'une.

Je marche à côté de Jésus dans l'allée. Ses pas ressemblent à du velours. Je ne les entends pas. Les... les miens non plus. Pourtant, je porte quasiment des souliers à claquettes!

Peut-être que je flotte, moi aussi.

— *Peux-tu me promettre de le garder pour toi un certain temps?*

Ouf! Promettre, promettre! C'est dur en *vlimeux* de tenir un secret. Comment vais-je faire? Je n'y arrive pas toujours. Mais bon, puisque Jésus me le demande, il n'est absolument pas question de refuser. Au contraire, je vais m'efforcer de le garder sous clé dans un petit coffre-fort dans ma tête. Même si ça me demande des sacrifices! Pas trop durs, quand même, car je suis plutôt douillette. Je n'en reviens pas qu'il me fasse autant confiance. Ça me retourne le cœur comme une galette.

Je réponds avec force:

— Promis! Juré! Craché! Jamais, je ne le trahirai!

Jésus me quitte, mais son parfum reste.

Après son départ, j'allume un lampion mauve en son honneur. Je l'élève dans les airs comme un flambeau et je m'élance dans les allées en dansant. J'en perds mon chapeau. Des étoiles brillent dans mes yeux. Je suis une nouvelle Gloria. Jésus m'aime et il m'a choisie. Il m'a confié, JUSTE À MOI, un secret d'une rare beauté. Il me soulage, me réconforte déjà. Je ne touche plus terre. Je suis à quelques nuages près du septième ciel et je valse avec les anges.

Je célèbre ma joie sous le regard enjoué de Jérémie. La musique! Comme c'est bon! Ses notes s'amusent comme des enfants dans une cour d'école et colorent mon bonheur.

Je me précipite aussitôt dans les escaliers en sautillant dans les marches. J'ai hâte de dire à Jérémie le... le...

Je m'arrête brusquement. Mes mains deviennent toutes moites. Le lampion glisse. Mon Dieu! J'allais carrément lui révéler le secret! Je dois être très prudente. Si je monte, je ne serai jamais capable de le garder pour moi. Bavarde comme je suis, ça va être la catastrophe! C'est bien beau de faire une promesse solennelle, mais je suis loin d'être solide. Et si je parle, je serai jetée aux enfers. Brûlée vive. Le diable va me donner des jambettes et me piquer de ses cornes. Ça me fait mal juste d'y penser. Et il n'est pas question de perdre mon seul et unique ami.

Je relève la tête en me disant: «Non! Je ne me laisserai pas tenter. Je vais résister de toutes mes forces. J'en suis capable. Et Marianne, de là-haut, va m'aider, j'en suis certaine.»

J'envoie la main à Jérémie et je redescends les marches en vitesse. Vaut mieux attendre un peu.

Et je repars, légère comme une note.

Le lendemain, je marche de nouveau dans la lumière blanchâtre qui émane de Jésus.

L'odeur de l'encens calme la douce folie qui m'habite. S'il fallait qu'il actionne le commutateur, lui, en haut! Pour une fois que tout s'éclaire sur mon chemin! Mon ange gardien me protège de ses grandes ailes, lui aussi. J'en suis sûre. Je le sens!

Les lueurs des lampions et des cierges dansent sur les murs de l'église et me réchauffent le cœur.

Je m'assois à côté de Jésus, sur les marches de l'autel. D'une voix pleine de reconnaissance, je lui demande:

— Pourquoi m'as-tu confié ton secret?

— *Tu as beaucoup de peine, Gloria. J'ai pensé que ça te ferait du bien.*

— Mais je ne suis pas la seule à avoir de la peine sur la planète!

— *Tu as raison, mais c'est toi que j'ai choisie.*

Moi! Moi qu'il a choisie! Une petite auréole blanche se dessine au-dessus de ma tête, mais l'instant de magie ne dure pas. Il s'enfuit dès que Jésus dit:

— *Tiens! C'est pour toi! Ma Mère te l'offre.*

Il me tend le plus beau, le plus magnifique, le plus splendide des chapelets. Personne au monde ne peut refuser un tel présent. Surtout s'il vient de Marie. Je résiste pourtant de toutes mes forces. Parce que papa a cassé le sien quand Marianne est partie. Avec rage, il a fait éclater le fil, et toutes les petites perles de bois se sont éparpillées par terre. Depuis, il n'allume plus son petit radio-transistor pour le chapelet de six heures. Ça ne lui sert plus à rien. Il ne croit plus en Dieu. Plus du tout! Selon lui, s'il existait vraiment, il n'aurait jamais, au grand jamais, permis une aussi terrible injustice.

Et moi, je veux faire comme papa.

Alors, je repousse le chapelet en murmurant:

— Je... je n'en veux pas!

Je vais craquer! Il brille entre ses doigts comme un bijou précieux. C'est dur de lever le nez sur un si joli cadeau!

— Garde-le! Je... j'en ai déjà un.

Pour le convaincre, j'ajoute:

— Il... il est bleu.

— *Je comprends. Je pensais te faire plaisir.*

Jésus sourit. Ça me fâche. Il n'a pas le droit de se moquer!

— *Je te sens en colère. Est-ce que je me trompe?*

Non, il ne se trompe pas. Il veut que je prie mais, là-dedans, il y a juste des cris. Et ils arrivent au bord de mes lèvres en raz-de-marée. Plus moyen de les arrêter. Tout ce que je retenais sort en même temps:

— Oui, je suis en colère! Très très très en colère! Et je ne te pardonnerai jamais! Tu as fait de la peine à maman, à papa et à moi. C'est ta faute! Et celle de Dieu, aussi! Tu n'avais pas le droit de me prendre Marianne! Voleur de sœur! À quoi ça sert de naître si c'est pour mourir tout de suite? Hein? Explique-moi ça! Je te déteste! Je ne veux plus te voir!

Il faudrait cinq mille tuyaux de plus à l'orgue de Jérémie pour laisser éclater ma colère de mille et un sons. Pour la faire résonner avec autant d'intensité que je la vis en moi.

Mais ses notes sont toutes douces. Toutes caressantes.

— *Personne n'est coupable, Gloria. Personne! Observe la nature. Des papillons et des fleurs naissent et meurent à peine quelques jours plus tard.*

Des éléphants, des tortues, des ar-
bres peuvent vivre jusqu'à cent ans.
Parfois, des chatons ou des poussins
meurent à la naissance ou quelques
semaines plus tard et d'autres vivent
plusieurs années. Quelques-uns tom-
bent malades en cours de route,
d'autres non. Il y a le jour, il y a la
nuit, rien ne dure. C'est comme lors-
que tu fabriques des poupées en pa-
pier mâché: certaines cassent, per-
dent leurs couleurs, d'autres résistent
au temps. Même si c'est toi qui les as
créées. Le cycle de la vie n'est pas le
même pour chaque créature. La vie
est, c'est tout. Mon Père l'a engen-
drée, l'a fait naître. Après, elle conti-
nue d'exister par elle-même. Ce qui
advient n'est plus de sa volonté. Il
laisse les êtres humains libres de
leurs choix, mais tu es encore très
jeune pour saisir tout ça. Les...

— Je ne suis pas idiote! Je suis
capable de comprendre, même si tu
parles des fois comme le père Rodolphe!

De toute façon, je ne l'écoute plus.
Ça brasse trop en dedans. Et ça
monte. Monte. Je baisse les yeux
pour que ça redescende.

— *Ta sœur est comme un petit oiseau qui s'est envolé dans le ciel pour un long voyage. Les départs font toujours mal. Perdre à jamais ce qui nous est précieux, encore plus. Comme lorsque ton petit chien, Gamin, est mort. Tu te souviens? Ça n'a pas été facile de l'enterrer dans la cour. Tu as eu le cœur gros durant de longues semaines. Les épreuves sont comme des nuages qui passent sur ta vie. Certains sont gris, d'autres noirs, parfois gros, parfois petits, mais un jour ils font place au ciel bleu. Parler, te confier à un ami peut te libérer et alléger cette immense peine en toi. Tu peux écrire, même, comme ta mère. Les mots sont les médicaments de l'âme. Garde espoir! Ne crains rien! Je suis là. Te souviens-tu du secret? Lui aussi, il peut t'aider. Laisse-toi bercer par lui, si tu veux.*

Son regard réchauffe mon cœur tout frileux et inquiet. Puis, il part, disparaît, devrais-je dire, à travers le mur comme un fantôme. C'est étrange, on dirait qu'il ne maîtrise pas la durée de ses apparitions.

Je m'assois aux pieds de Marie-la-statue. Des larmes coulent toutes seules.

Étrangement, je sens comme une main réconfortante sur mon épaule. J'ai un peu moins l'âme à la révolte. Une petite paix, pas plus grosse qu'une gouttelette de rosée, traverse ma bulle.

En me levant, je m'aperçois que Jésus a oublié le chapelet sur les marches de l'autel. En sortant, je le dépose sur le perron de la basilique.

À mon retour, le lendemain, je suis furieuse. Maurice Morrissette m'a encore narguée toute la journée. Il a répété sans cesse aux autres: «Gloria parle à Jésus! Gloria parle à Jésus!»

Mais pourquoi s'acharne-t-il sur moi?

La colère durcit en moi. Elle devient une roche dans mon estomac et elle me donne des crampes. Elle est trop pesante pour sortir. Trop ancrée. Elle se transforme de plus en plus souvent en larmes. Mais je les retiens, elles aussi. Parce qu'il n'est pas question de pleurer devant Maurice. Il est capable d'en profiter pour me lancer encore ses petites phrases bourrées de venin.

Mes émotions jouent au yo-yo. Pour la millième fois, mon calme s'évanouit.

Le départ de Marianne bouleverse tout. TOUT! Pourquoi?

J'entends dans ma tête l'écho de ma voix hurler: «Marianne, je t'en supplie, reviens à la vie!»

Je pousse la grille, le cœur gros comme la basilique.

Le chapelet, le BEAU chapelet, est suspendu au grillage du portail. Je me frotte les yeux.

Ah non! Il ne va pas recommencer! Il voit bien que ça ne m'intéresse pas!

Je prends le chapelet et je le lance de toutes mes forces dans l'herbe. Mon cœur se débat. Je voudrais briser ce chapelet comme papa a fait avec le sien. Mais je n'ose pas. Parce qu'il n'est pas à moi.

Je crie:

— Je n'en veux pas de tes petits pois roses enfilés les uns derrière les autres! Ils ne me ramèneront jamais ma sœur! M'entends-tu? Ils ne ramèneront jamais Marianne! Ni à maman. Ni à papa. Ni à moi. Tu as détruit notre famille! Tu n'avais pas le droit! Fichez-moi la paix, toi et ton chapelet!

Désespérée, je me jette par terre et j'éclate en sanglots. J'étouffe dans ma bulle qui se resserre de plus en plus.

Soudain, Jésus apparaît derrière le portail. Le ciel est dans ses yeux.

Il me dit avec douceur:

— *Ce n'est pas moi qui l'ai accroché à la grille. Peut-être qu'une personne bien intentionnée l'a ramassé et l'a placé bien à la vue en espérant que celui ou celle qui l'a perdu le retrouve. Je sais que c'est pénible pour toi, en ce moment, et qu'un rien te bouleverse. Tu es fragile. Je connais la peine qui t'habite et qui te ronge!*

— Non! Tu ne peux pas la connaître!

Jésus veut toujours me consoler. Moi! Moi qui ai déchiré toutes mes photos de vacances: Marianne assise sur mes genoux, Marianne enroulée dans sa doudou, Marianne endormie dans mes bras, Marianne vêtue de sa robe bleue bouffante. Moi qui ai refusé d'aller au salon funéraire. À la cérémonie religieuse. Au cimetière. À cause du petit cercueil blanc.

JE DÉTESTE LES PETITS CERCUEILS BLANCS!

Pourquoi est-elle partie si loin? Si haut? Dans un lieu où je ne peux plus lui donner son biberon ni lui chanter des berceuses?

Peut-être que je ne mérite pas l'amour de Jésus, mais je me laisse réconforter par lui. Et je pleure très fort. De chauds rayons lumineux jaillissent de son cœur. Comme sur une image que j'ai déjà vue.

Je suis moins seule.

Le plus gênant, c'est que je n'ai pas de mouchoir. Je renifle beaucoup et je mouille ma belle robe.

Heureusement, il ne semble pas du genre à s'en soucier trop trop.

Je baisse les yeux pour qu'il ne remarque pas mon petit caractère colérique et rebelle.

— *Ne t'inquiète pas pour ton côté colérique.*

Ça y est! Il lit dans mes pensées! J'en suis renversée. Plus moyen de me cacher!

— *C'est normal de vivre de la colère, mais elle est parfois mal exprimée. Certains, comme Maurice, lancent des gros mots, explosent sur-le-champ, sortent leurs griffes, tandis que d'autres la bloquent, l'enterrent au fond d'eux et, souvent, elle se transforme en torrent de larmes. Mais quand elle est maîtrisée, elle peut être une force d'une grande uti-*

lité. La mort de Marianne et les mau-
vaises plaisanteries de Maurice sont
des tempêtes violentes dans ta vie.
Elles te ravagent le cœur. La colère
peut t'aider à passer au travers. Si tu
savais comme elle peut t'apaiser!
Combien d'océans scintillent après
une tempête? Combien d'oiseaux
chantent après un orage?

Un vent d'espoir balaie soudain ma colère. Je regarde Jésus les yeux brillants.

— Ça va mieux.

Nous nous dirigeons vers la basilique. Mon cœur est chargé d'une demande très très spéciale. Si seulement elle pouvait monter directement au ciel sans que j'aie à souffler dessus!

Nous entrons. Jérémie est à son orgue. Il se penche au-dessus de la balustrade et me lance son fameux sourire apaise-cœur.

Peut-il voir Jésus, lui aussi? Faudrait que je lui pose la question.

Je m'agenouille et je ferme les yeux. J'ai de la difficulté à me concentrer. J'essaie de faire le silence dans mon cœur. Mais, avec le tapage qu'il fait, ce n'est pas évident. Il brasse comme une laveuse.

Maman, l'experte en prières, m'a déjà expliqué que prier, c'est demander. C'est pleurer, crier, aimer, se laisser bercer dans les bras de Dieu, aussi. Elle me disait: «Tu peux prier en silence, tout haut, tout bas, avec tes propres mots, te fâcher ou même Lui lancer des blagues si tu le désires. Tu n'es pas toujours obligée de réciter ton chapelet. Tu peux juste te recueillir. Créer un espace en toi pour accueillir Dieu.»

Je me force très fort. Mais ça ne fonctionne pas. C'est très inquiétant, quand même, de me sentir observée par Jésus. Des papillons dansent sous mes paupières fermées.

Jérémie, sans le savoir, me donne un coup de pouce. Ses notes sont un ruisseau qui déverse la paix en moi. Et, soudain, quelque chose de très étrange se passe: je sens mon cœur s'ouvrir comme une porte. Une forme lumineuse entre.

Je pense que c'est Dieu. Sa présence dorée m'enveloppe. La voix de Jésus me semble aussi lointaine que celle de l'infirmière qui essayait de me réveiller après mon opération aux oreilles, l'année dernière. Je l'entends dire malgré tout:

— *Tu peux déposer ta peine dans ses mains, si tu le désires. Il la portera avec toi. Et elle te sera moins lourde. Ne la vis pas toute seule.*

Je pleure. Parce que je suis incapable de lui donner Marianne. Je ne veux pas la laisser partir. Je supplie:

— Je veux que Marianne revienne! Toi qui es tout-puissant, ramène-la-moi!

Les notes se figent dans les airs. On dirait que le silence retient son souffle et guette les bruits. Même Jésus semble ne plus respirer.

La lumière dorée s'éteint aussitôt en moi. Mon cœur se referme.

— *Gloria! Ce que tu demandes n'est pas possible...*

J'ouvre les yeux. Les siens sont pleins d'eau. Ça me donne des crampes dans le ventre.

Je voudrais le consoler. Faire disparaître ma peine pour lui enlever la sienne.

Je bafouille:

— Marianne me... me manque terriblement.

Je renifle.

— *Marianne ne reviendra jamais. Elle...*

— Je déteste le mot «jamais»!

La voix triste, je murmure:

— Je ne comprends pas. Tu es capable d'apparaître devant moi, pourquoi ne fais-tu pas pareil avec Marianne?

— *Je ne peux pas te ramener Marianne. Je n'ai malheureusement pas le pouvoir que tu me prêtes.*

Un long silence clôt la discussion.

Puis, il change de sujet:

— *J'aimerais beaucoup te revoir demain.*

— Pas de problème!

Après son départ, je fais mes devoirs sur un banc. Papa va être content.

Jérémie joue. Je monte le voir. Il est si beau. Son corps s'incline au-dessus des trois claviers sur lesquels ses doigts se promènent avec une aisance remarquable. J'ai le goût de tirer sur un de ses soixante-quinze boutons de jeux. Celui du grand cornet ou de la flûte à cheminée, par exemple. Juste pour le voir sourire encore. J'ai une envie folle, soudain, de lui confier le fameux secret. Mais je me retiens. Si je flanche, Jésus n'aura plus jamais confiance en moi.

J'ai très peur de succomber à la tentation, car mon coffre-fort devient de plus en plus faible. Ça va me prendre un grand miracle pour ne pas l'ouvrir.

Je rentre chez moi à contrecœur.

Avant de me coucher, je m'agenouille en face du crucifix et je prie. À ma manière:

Cher bon Dieu
Qui habite au-dessus des nuages
Verse sur tous mes chagrins
Une pluie de tes bienfaits.
Protège-moi des attaques méchantes
De mes terribles ennemis,
Et surtout de Maurice Morrissette.
Veille sur maman et papa
Qui ont le cœur en purée de banane.
Oh! Et s'il te plaît!
Peux-tu me ramener Marianne?
Certains jours, c'est si triste,
La vie sans ses p'tits cris!
Merci!

Curieusement, en pleine nuit, Marianne apparaît dans mes rêves. Elle rit en faisant des bulles.

Elle est belle! Et si heureuse!

Elle n'a même pas l'air morte pour deux sous.

Je pense qu'elle gazouille directement du ciel.

4

La brebis égarée

Je n'ai pas encore mis un pied dans la classe que Maurice Morrissette lance:

— Tu peux enlever ton auréole d'au-dessus de ta tête, Gloria!

J'ai bien envie de lui dire que c'est plutôt une couronne d'épines. Et que c'est lui qui me l'enfonce dans le crâne avec ses paroles méchantes.

Il commence à chanter *Ave Gloria* au lieu de *Ave Maria*. Ses copains se tordent de rire.

Je tourne les talons et je me réfugie aux toilettes avec mon livre sur Bernadette Soubirous. Je tombe sur un passage où elle dit, le plus simplement du monde: «Il suffit d'aimer.»

Facile à dire. Mais comment aimer quand les gens sont si cruels? Quand la douleur est si vive? Les blessures, ça fait mal. Très mal. Je sais bien ce que l'on ressent en dedans quand le cœur se déchire. Si seulement Maurice pouvait comprendre ça! Je ne vais quand même pas lui tendre ma petite joue angélique pour recevoir une gifle! Après tout, je suis un être humain, en chair et en os! Et je suis très sensible de la joue.

Je retourne dans la classe, les yeux rouges. Maurice m'attend de pied ferme. Et il ne me manque pas. Il me lance un commentaire foudroyant au sujet de la suce de Marianne.

Je l'ai glissée dans la chaîne en argent que tante Loulou m'avait offerte et je l'ai enfilée autour de mon cou. Je la cache toujours sous mon chandail. Mais, pour faire exprès, cette fois-ci, j'ai oublié. Et Maurice, avec ses yeux télescopes, l'a tout de suite remarquée. Il a sauté sur l'occasion et s'en donne maintenant à cœur joie.

— Gloria est un bébé lala! Regardez! Elle porte une suce à son cou!

Ces quelques mots font éclater mon cœur en mille morceaux. Il ressemble à une mosaïque.

Je m'enfuis de l'école, en larmes. Pour ne pas subir plus longtemps les paroles blessantes de ce Maurice-sans-amour qui ne comprend strictement rien.

Je rentre à la maison sans faire de bruit. Comme une petite souris dégriffée.

Je m'arrête devant la chambre de Marianne. Les rideaux bougent. On dirait qu'ils respirent. Je n'aime pas ça.

Le silence de la maison m'inquiète soudain. J'avance dans le corridor. Où est maman? Où est papa? Je regarde partout.

J'entends mon cœur battre très fort à mes tempes.

Que se passe-t-il? Où sont-ils? Ils ne sont pas là! Ont... Ont-ils disparu, eux aussi, sans m'avertir?

Une grosse boule de peur et d'inquiétude se coince dans ma gorge. Je
cours à la cuisine. Un petit mot sur
le réfrigérateur me rassure:

Gloria,

Papa est parti chercher du travail, et moi,
je suis chez le docteur Langlois. Ne t'inquiète
pas.

Il y a de la fricassée dans le frigo, si nous
ne sommes pas rentrés pour souper.

À tantôt, mon petit poussin,

De maman qui t'aime xx

P.-S. N'oublie pas de faire tes devoirs.

Je respire un bon coup, soulagée.
Je glisse une pomme et plein de bis-
cuits au chocolat dans mon fourre-
tout. C'est bien meilleur que de la fricassée. J'attrape une petite croix en
bois, à la dernière seconde. Puis je
me sauve en fermant doucement la
porte derrière moi.

Je pars! Où? Je ne sais pas. Ce
n'est pas important. Je ne veux plus
retourner à l'école. Encore moins à la

maison. Je veux m'en aller une fois pour toutes. Fuir l'absence. Ici, je suis toujours collée à la chaise haute de Marianne, à ses chaussons roses, à ses petits pyjamas à pattes et à tout ce qui me ramène son absence à la mémoire. Je n'en peux plus d'entendre les murs me renvoyer l'écho de ses cris et de ses babillages.

J'erre dans les rues. Mon cœur est si lourd de peine qu'il frôle le gravier.

J'entre dans le magasin général. Les petits pots de purée, la poudre pour bébés, les hochets, les couches, les bavettes, et tout et tout, sur les étagères, me sautent aux yeux.

Je ressors en vitesse. Mieux vaut m'arrêter à la basilique quelques instants, pour retrouver mes esprits.

J'écoute Jérémie en pensant au secret, et ça me fait du bien. Je me laisse bercer par sa musique. Que c'est beau! Grandiose! Quand j'ouvre les immenses portes de bois, la nuit est tombée. Comme si le jour, fatigué, avait fermé doucement ses paupières. Je scrute le ciel, à la recherche de l'étoile Marianne. Elle doit être bien petite. Je ne la trouve pas.

Je crie, dans l'espoir qu'elle m'entende:

— Depuis que tu es au ciel, je vis l'enfer! Ce n'est pas juste! Reviens, Marianne!

Je marche encore jusqu'au tunnel. Je m'y engage. Il est si sombre que je ne distingue que des reflets humides sur les murs. Je m'assois au beau milieu, repliée en petite boule, et je sanglote.

Les moments les plus douloureux sont toujours vécus dans une solitude glaciale.

Je suis transpercée jusqu'aux os.

Soudain, une douce lumière provenant du bout du tunnel glisse vers moi. Je relève la tête et je bondis de surprise. Suis-je aux portes du paradis?

Les yeux écarquillés, je m'avance vers elle.

Une silhouette apparaît. Floue. Entourée de la lumière qui devient de plus en plus éblouissante.

Je n'en reviens pas. Je suis certaine que c'est saint Pierre. Au point où j'en suis, une hallucination de plus ou de moins, qu'est-ce que ça change? Je cherche du regard la clé qui ouvre la porte du ciel. Et la fameuse balance, aussi, qui sert à peser nos bons et nos mauvais coups. Malheureusement, plus j'avance, moins c'est lui. C'est... c'est Maurice! Avec une grosse lampe de poche.

Quel choc!

Je ne suis pas au paradis. Je suis toujours dans le tunnel, à grelotter devant l'être le... le plus méchant au monde.

La colère m'envahit d'un seul coup. J'ai l'impression d'avoir un interrupteur en moi: ouvert, j'explose; fermé, je me calme.

Je hurle:

— Qu'est-ce que tu fais là? Tu n'as pas le droit de me suivre!

— Je...

— Je ne veux pas te voir! Tu m'entends! Je ne veux plus aller à l'école! À cause de toi! Tu es trop sans-cœur! Tu es...

— Je... je...

— Laisse-moi tranquille! Retourne dans ton monde cruel!

— Je... je voulais juste te demander de m'ex... m'ex...

— Va-t'en!

— Tu... tu ne comprends pas, je...

— Cesse de me harceler! Je ne t'ai rien demandé! Va lancer tes commentaires venimeux ailleurs! Tu me fais trop mal!

Je ne suis pas méchante mais, parfois, je le passerais bien entre les rouleaux de l'essoreuse.

Maurice tourne les talons et part, la tête penchée sur ses souliers, sans ajouter un mot. Aussitôt, Jésus apparaît à sa place. Décidément, c'est la folie furieuse!

Je suis hors de moi.

— Ah non! Pas toi aussi! Mais qu'est-ce qui se passe? Je suis dans un film ou quoi? Je ne veux pas te voir! Maurice me blesse continuellement, et toi, tu m'as enlevé ma petite sœur. C'est trop! Un petit bébé, même s'il n'est pas joufflu et tout potelé comme les autres, ne peut pas disparaître de cette manière! C'est INJUSTE! Pourquoi as-tu fait ça? POURQUOI? Les poupons, ça doit rester à la maison! Avec leur famille! C'est leur place! Pourquoi lui as-tu enlevé le souffle? Elle avait le droit de vivre!

Mes nerfs sont à fleur de peau. Jésus ne parle pas. Il est là. Présent.

Il m'écoute. Et il est avec moi. Sa lumière m'effleure. Me traverse doucement comme une brise. C'est doux dans mon cœur. Il a le don de me faire du bien. Comme un ami.

J'accompagne Jésus jusqu'à la basilique. Une fois à l'intérieur, il retrousse les manches de sa longue tunique comme s'il allait laver la vaisselle. Puis il lève une main vers mon vitrail préféré en disant:

— *Regarde! La petite brebis égarée erre sur une montagne de souffrance. Elle cherche un sens à sa vie toute jeune sur un chemin parsemé de ronces. Elle tente de garder ceux qu'elle aime, mais le destin les lui enlève. Elle aimerait fuir ceux qui lui font du mal, mais la route les lui ramène. Elle doit trouver comment vivre avec ses blessures. Comment accepter, parfois, l'inacceptable. Mais elle se sent perdue.*

— Comme moi?

— *Oui.*

— Mais je n'ai pas besoin de berger, MOI!

— *Pourquoi dis-tu ça?*

— Parce que tu aurais pu t'occuper de Marianne, à la place. Ses petits

poumons en avaient bien plus besoin!
Ça a dû lui faire très très mal de mourir!

Parfois, pour vérifier à quel point,
je retiens mon souffle. Je me pince le
nez, mais je le relâche très vite. Pour
vivre...

Je poursuis, des trémolos dans la
voix:

— T'avais pas le droit de me l'enlever! Tu... tu ne comprends rien au
grand malheur de la vie! T'en as jamais eu. Tu...

Je baisse aussitôt les yeux sur ses
mains et j'entrevois une cicatrice
dans chacune d'elle. Comme lors de
notre première rencontre. Mais elles
disparaissent aussitôt. Je ravale ma
colère.

Jésus murmure:

— *Tu es si sensible, si fragile, Glo-*
ria! Mon Père ne t'a pas enlevé Ma-
rianne. Ni moi non plus. C'est la ma-
ladie qui en est responsable. La mort
est un passage vers le ciel. Comme le
tunnel où tu étais. Savais-tu que cer-
tains fêtent même cet événement? Ils
sont heureux pour l'ami ou le membre
de la famille qui a disparu. Ils savent
qu'il est enfin au paradis.

Je recule brusquement.

— Je ne veux pas fêter le départ de Marianne! Ça me fait trop mal en dedans. Je m'ennuie d'elle. Jusqu'à la moelle des os.

— *Elle est au ciel, maintenant. Et le ciel, c'est le cœur de mon Père. Il est immense et rempli d'amour à pleine capacité. Imagine comme elle doit être bien!*

— Elle était bien mieux avec nous. Elle me manque. Je voudrais la revoir.

J'ajoute, d'une voix étouffée:

— Je... je n'ai même pas pu lui dire au revoir!

— *Tu peux lui parler, Gloria! Elle est là, près de toi. Dans ton cœur. Dans ta tête. Dans ton sang.*

— Non! Je la veux avec moi. Dans mes bras. Dans la maison. Dans ma vie. Vivante! Comme avant...

— *Tu sais que c'est impossible. Mais ta peine est normale. Quand on est blessé comme tu l'es, c'est bon d'aller vers les autres! Mieux vaut ne pas rester seule! Si tu pouvais parler à tes amis, ça te ferait du bien! Les deux petites flammes dans tes yeux pourront recommencer à briller.*

— Des... des petites flammes dans mes yeux?

— *Oui! Elles brillent quand tu as plein de bonheur en toi. Le malheur, lui, les éteint. Quand tu racontes ton drame à quelqu'un, elles se rallument un peu. Parce que tu te libères. Tu fais un peu de place à la paix et à la lumière.*

— Je n'y arriverai jamais! Les mots refusent de sortir. Ils sont coincés quelque part.

— *Dans ta peur, je crois. Et dans ta peine. Mais, un jour, tu y arriveras. Rappelle-toi le secret. Ne reste pas enfermée dans ta bulle! Ainsi, tu risques de te rendre très malheureuse.*

Il a raison. Mais on ne sort pas d'une bulle comme on sort de sa chambre. Ça, il ne semble pas s'en rendre compte.

— *Nous en reparlerons, Gloria. Il est tard et je te sens trop nerveuse.*

Il a deviné juste. Quand je suis énervée, je saisis très mal ce qu'on me dit. Je capte juste des petits bouts de la conversation et tout se mêle dans ma tête. Je n'arrive plus à me rappeler ceux qui manquent, c'est-à-dire les plus importants, la majorité du temps.

— Sans vouloir te bousculer, je pense qu'il serait préférable que tu retournes chez toi. Tes parents sont très inquiets en ce moment.

Il pose ses mains sur mon front. Le père Rodolphe fait ça, des fois, pour guérir les grands malades. Puis, il me quitte.

Je passe par la rue des Hirondelles. Un vent doux caresse mon visage. La nuit bleue m'enveloppe comme une couverture.

Pourquoi Jésus est-il si bon? Si tolérant? Si rempli d'amour envers moi? Au fond, il n'existe peut-être que dans ma tête. Comme Marianne maintenant.

Je marche en pensant à ma petite sœur. Elle n'est plus là. Elle ne grandira pas avec moi. Je ne la verrai jamais courir après les papillons sur la colline. Ni rire aux éclats en mangeant de la crème glacée. Ni se promener à bicyclette dans le sentier de roses. Ni... Ce n'est pas juste! Tous les bébés du monde devraient avoir des lendemains.

Avant d'entrer, je prends une grande bouffée d'air. J'ai besoin de beaucoup de force pour traverser l'épais brouillard qui occupe la maison.

5

Le berceau vide

Le docteur Langlois est à la maison. En entrant, je l'entends dire:

— Votre fille a eu, elle aussi, un choc post-traumatique intense. Il arrive parfois, à la suite du décès d'un être cher, qu'on doive hospitaliser une personne qui en est profondément affectée. Pour l'instant, je pense qu'il est préférable qu'elle demeure avec vous. Mais surveillez les signaux d'alarme.

Papa dit:

— Elle va souvent à la basilique.

Et maman ajoute:

— Elle m'a dit, l'autre soir, qu'elle avait rencontré Jé...

J'entre aussitôt.

La conversation s'arrête net.

Maman se précipite vers moi en pleurant. Elle m'étouffe. Papa a les mains tremblantes.

Il est comme fâché.

— En perdre une, c'est bien assez! Pas question que tu disparaisses, toi aussi! Tu as bien compris!

Il éclate en sanglots. À son tour, il me serre dans ses bras. À m'étouffer.

Le docteur Langlois se retire au salon.

Les chocs, ça détraque, je pense. Comme une montre tombée par terre. Parfois, c'est réparable. D'autres fois, il faut vivre avec la brisure. C'est ce que papa essaie de faire.

Maman aussi.

Moi, je tente de reculer les aiguilles qui se sont bloquées vers sept heures du matin. Pour changer le destin.

En dedans, ça me fait tout drôle de constater que maman et papa étaient fort inquiets. J'ai tellement l'impression de ne plus exister. La mort de Marianne est comme un gros train de nuit qui a passé sur leur corps à une vitesse folle. Elle les a laissés tout en lambeaux, incapables de se relever, le cœur écrabouillé. Depuis, mes parents ont toujours peur qu'un autre train passe dans leur vie.

Je garde les yeux ouverts une bonne partie de la nuit. J'observe la lueur de mon lampion qui danse sur le plafond. C'est ma nouvelle veilleuse, avec la Sainte Vierge dessinée sur le godet. Elle me rassure.

J'ai trop peur de m'endormir et de ne plus me réveiller.

Le lendemain, c'est samedi. Je vais à la basilique, les yeux cernés et trois heures de sommeil dans le corps. Je ne reste pas longtemps. Vraiment pas longtemps.

Je hume l'encens à plein nez, le seul parfum qui réussit à me calmer. Mais cette fois ça ne marche pas. Même les petites notes douces et fragiles de Jérémie, qui ronronnent jusqu'à mon cœur, n'ont aucun effet.

Jésus m'attend près de l'escalier qui mène au jubé les bras grands ouverts, comme Marie-la-statue.

Je m'avance vers lui, les poings serrés dans mes poches, avec mon air enragé.

— *Je te sens rebelle, Gloria! Agressive, même! La colère gronde toujours? Que se passe-t-il?*

— Que se passe-t-il! Que se passe-t-il! Depuis que tu t'es IM-PO-SÉ dans ma vie, je suis toute perdue! Je ne sais pas ce qui m'arrive! Le médecin va sûrement m'hospitaliser, si ça continue! Pourquoi me fais-tu ça? Je ne t'ai rien demandé! Non mais, te rends-tu compte? Tu es venu une fois en deux mille ans et, la deuxième fois que tu apparais, c'est devant moi! Comment veux-tu que je comprenne? C'est effrayant en *vlimeux*! Je ne sais même plus si je suis dans la vraie vie ou si j'ai des hallucinations! Parfois, j'ai même l'impression que tu n'existes que dans ma bulle. Pas en dehors! Et ça m'effraie. Peux-tu me laisser tranquille un peu? J'ai besoin de traverser mon... mon désert, moi aussi!

J'ai appris dans mon cours de catéchèse que Jésus a vécu quarante jours dans le désert. Seul. Il doit sûrement comprendre un petit peu ce que je veux dire.

Je tourne les talons et je pars. Sans un mot. C'est pas mal énervant. Je marche en titubant dans l'allée. J'ai hâte que les grandes portes sculptées se referment derrière moi pour échapper au regard très soucieux de Jésus.

Les notes de Jérémie s'entrechoquent. Se démènent frénétiquement sous la voûte de la basilique. Il joue les variations de mon cœur. Rien de moins.

En traversant le parc, je croise une maman qui promène son bébé dans un landau. Je les dépasse en courant, le nez sur mes souliers, pour ne pas les voir. Pour ne pas penser aux promenades que j'aurais pu faire dans le parc. Avec Marianne dans sa poussette. Ma petite sœur d'amour adorée...

Je rentre à la maison par la ruelle arrière. C'est la première fois que je passe par là depuis le 25 mars.

Je n'aurais pas dû.

En plein milieu de la cour, le petit berceau en bois est là. À l'envers. À côté de la poubelle. Je m'en approche, la peur au fond des yeux.

Est-ce que Marianne est en dessous?

À chaque pas, mes jambes ramollissent. Vont-elles tenir le coup? Je me penche au-dessus du berceau et je le soulève. Je me cramponne à lui. Le serre de toutes mes forces.

«Tu n'avais pas la permission de partir! Ce n'est pas correct de nous quitter comme ça!»

Marianne envahit soudain ma bulle. Tout ce qui m'entoure n'existe plus. Je ne pense qu'à elle. Je voulais tellement une petite sœur. TELLEMENT! Personne au monde ne peut savoir à quel point. J'étais toute petite et je demandais déjà à maman de me donner une petite sœur.

Maman répondait qu'elle aussi, le désirait, mais que c'était difficile en ce moment.

Et je continuais de lui demander sans arrêt: «Je veux une petite sœur! Je veux une petite sœur!»

Maman et papa essayaient. Sans succès.

Quelques années plus tard, je l'ai enfin eue. Marianne est née le 25 décembre. Comme Jésus.

J'étais un petit peu jalouse quand maman lui chatouillait le bedon et lui donnait de gros bisous sur ses joues rondes. Mais elle me la confiait souvent. Sous son regard attentionné, je lui changeais ses couches, comme une grande. Sans la piquer avec l'épingle à nourrice. Je l'habillais avec les robes de mes poupées. Les plus belles. Avec des petits souliers, aussi, de la même couleur. Et je lui chantais des berceuses. De douces, douces, douces petites berceuses.

Elle souriait. Faisait des façons. Me suivait des yeux.

C'était ma petite sœur à moi. Et je m'en occupais.

Papa, lui, aimait danser comme un clown autour d'elle, lui faire des grimaces et lui raconter des contes de fées. Même si Marianne ne comprenait rien du tout. Il la préparait, qu'il disait.

Puis, elle a eu trois mois.

Un frisson grimpe le long de mon dos. Les souvenirs remontent à la vitesse d'un coup de poing. La douleur est toujours aussi forte. Aussi vive.

Je revois la scène, en noir et blanc comme sur l'écran du téléviseur. C'était le matin, vers sept heures. Maman était partie chercher Marianne dans son lit. Pour lui donner son biberon. Je dormais encore. Je ne m'étais pas levée pour aller à l'école. J'avais passé tout droit. Ce qui ne m'arrivait jamais, car maman veillait au grain. Habituellement.

Soudain, j'ai été tirée avec violence de mon sommeil par les cris de maman. Elle hurlait. Elle courait dans tous les sens.

Je me suis assise dans mon lit en sursaut. Mon cœur, fou d'inquiétude, s'agitait. Ça sentait le drame terrible.

J'ai entendu papa s'écrier:

— Mon Dieu! Que se passe-t-il?

Puis, un bruit de chute. Maman venait de s'écrouler par terre, pliée en deux. Elle continuait de crier. Papa l'a relevée.

Ensuite, il est entré dans la chambre de Marianne. Il en est ressorti en hurlant à son tour:

— CE N'EST PAS VRAI!

Moi, j'étais dans mon lit. Figée. Quelque chose se passait, mais je ne savais pas quoi. Je devinais, à la vitesse où courait mon sang dans mes veines, que c'était grave. Très grave.

Le temps s'est mis à ralentir. À s'engourdir. Chaque seconde devenait une éternité. Les sons étaient inhabituels. Le brouillard a commencé à entrer. Avec le grand malheur. Il y avait du vent. De l'agitation. Les pas de maman et de papa étaient différents. Tous mes sens étaient orientés vers la chambre de Marianne. En avant. À droite.

J'attendais. Parce que j'étais incapable de me lever.

Papa est arrivé, les traits complètement défaits. Il s'est appuyé contre le cadre de la porte comme s'il avait besoin d'être soutenu.

D'une voix complètement transformée, pleine de douleur horrible, il m'a dit:

— Marianne est... est partie.

Je trouvais ça plutôt étonnant qu'elle ait quitté son berceau. Voyons donc! Elle ne savait même pas marcher! J'étais prête à entreprendre les recherches avec lui. Elle ne pouvait pas être bien loin, ma petite sœur à moi. Mais dans mon ventre, tout me disait que ce n'était pas ça. J'avais trop de crampes.

Papa a ajouté, une fraction de seconde plus tard, d'un ton encore plus grave, de moins en moins audible:

— Elle est... au ciel.

Il grimaçait de douleur.

Sur le coup, je ne voulais pas le croire. Ça ne se pouvait pas. Mais les cris de maman. La voix de papa...

Aussitôt, une bulle m'a encerclée. Clac! Un mur invisible entre moi et le reste du monde s'était dressé. J'étais enfermée dans un œuf. Prisonnière! Avec, comme musique infernale, mon cœur. Je ne bougeais plus. J'étais paralysée. Assise au bord du lit, muette. À sentir une grosse déchirure. À vivre l'insupportable.

Pendant une heure, j'ai entendu bouger dans tous les sens autour de moi: téléphone, police, ambulance, famille. J'étais incapable du moindre geste.

Marianne était morte. Dans son berceau en bois avec une petite brebis sculptée dessus.

Des hommes sont venus la chercher.

Après son départ de la maison, dans son désespoir, papa a lancé son crucifix.

Dehors.

Dans un hurlement à fendre les murs.

J'aurais voulu partir. Fuir. Disparaître. Mais pour aller où, à douze ans? Comment fait-on pour quitter son corps? Pour ne plus être en contact avec ce qui fait mal? Peut-on mourir en vie? D'une balle de souffrance en plein cœur?

Papa a refusé que je voie Marianne dans son berceau. À cause du choc que ça m'aurait donné. Et des détails insupportables qui m'auraient marquée pour le restant de mes jours.

La terre venait de trembler sous nos pieds. Grand-papa était effondré de malheur. Mes oncles, mes tantes. Tout le monde était catastrophé. Dépassé. L'événement était trop gros.

Et moi, j'étais seule.

Les matins ont perdu leur rosée. Plus rien n'était pareil. Rires et sourires ont disparu. La vie est devenue sérieuse. Noire. Sans aube ni soleil. J'étais une épave noyée dans une mer de silence et de larmes.

Je suffoquais. Cherchais constamment mon souffle depuis que Marianne avait perdu le sien.

Boire, manger, dormir, quand j'en étais capable. Je suis retournée à l'école, trois jours plus tard. Comme si je revenais d'une petite maladie de rien du tout. La grippe, par exemple.

Dans leur immense peine, maman et papa m'ont permis de m'empiffrer de chocolat. Je trouvais que, choc et chocolat, ça allait très bien ensemble. Et j'en profitais.

Quelques semaines plus tard, le docteur a annoncé que Marianne était morte d'un mal mystérieux. Dont la cause est inconnue. Même les savants ne la connaissent pas. Paraît que ça ne s'explique pas. Marianne aurait eu comme un arrêt respiratoire. Maman, elle, a bien failli avoir un arrêt cardiaque en la découvrant. J'aurais pu la perdre, elle aussi.

Je tremble, à l'éveil de ces souvenirs.

Le problème, c'est qu'on ne peut pas se sauver de soi, quand ça arrive. On est enchaîné à l'événement. Cloué pieds et mains à la douleur, comme Jésus à sa croix. Rien ne peut être changé. La vie ne recule jamais.

Le destin est parfois plus cruel que tous les Maurice Morrissette de la planète. Il défonce la porte des braves gens, à n'importe quelle heure de la journée, sans crier gare. Puis il provoque des drames déchirants et s'en va, laissant derrière lui un brouillard épais comme ça.

Et dire qu'il y a à peine quatre mois, la vie était un bel éclat de rire. Avec juste quelques malheureuses poussières à balayer. Maintenant, elle s'est transformée en cendres douloureuses.

Je serre le berceau contre moi de toutes mes forces. Comme si Marianne y était. Comme si elle était revenue de son séjour au paradis.

La *Septième Symphonie* envahit ma tête d'un coup. En une bousculade de notes. Graves. Jérémie joue en moi ma détresse. Les notes, affolées, se précipitent et courent dans tous les sens. Elles se heurtent. Se fracassent. Se déchirent. Se tordent, fiévreuses, m'arrachant des cris de douleur. Puis, fatiguées, elles s'éteignent dans la blessure. En pleurs. Dans un gémissement à fendre l'âme.

La musique de Jérémie me va droit au cœur et réveille le secret de Jésus en moi. Je me laisse emporter par lui. Je pleure comme un bébé au-dessus du berceau. Et ça me fait du bien.

Soudain, je lève les yeux vers le ciel de plus en plus sombre. Ce que j'y vois me foudroie comme l'éclair. Dans un halo de lumière, Jésus apparaît. Mon cœur ne fait qu'un bond. Marianne est là, blottie dans ses bras! Ma petite sœur à moi. Toute menue. Toute fragile. Je n'en reviens pas. J'écarquille les yeux. Est-ce que je rêve? Elle a deux petites ailes de soie derrière les épaules.

Un bonheur, bourrelé de peur, se glisse dans mon cœur.

Ils demeurent un instant, flottant au-dessus de moi, à me regarder. Puis ils disparaissent, souriants, dans le firmament.

Je ne comprends plus rien. Cette fois, j'en suis sûre, j'ai des hallucinations. Tout ça ne peut pas être vrai. Il y a des limites!

Je rentre à la maison le berceau sous le bras. Je l'emporte dans ma chambre et je le cache dans mon immense garde-robe. Au cas où Marianne voudrait revenir avec nous ici-bas. Les miracles, ça existe. Le père Rodolphe en raconte, des fois.

Je dépose un petit mot dedans:

Tu me manques, Marianne! Reviens!
Je t'attends!

Je m'endors paisiblement. Je pense même que mon ange gardien me berce dans ses bras.

6

Vision trouble

Déjà sept jours sans nouvelles de Jésus. Que se passe-t-il?

J'allume ma lampe de chevet et je m'installe à la fenêtre. Pourquoi ne vient-il pas? Il faut que je lui parle.

Mon père crie:

— Gloria! Ferme la lumière! Il est temps de dormir!

Papa n'est pas un cadeau. Il souffre d'insomnies et de maux de tête. Il est devenu irritable. Intolérant. Maman essaie de le calmer. Mais il est inconsolable. Et sa santé se dégrade de jour en jour. Ses nuits se transforment en champ de bataille. Au réveil, son oreiller est par terre, ses draps à l'est et sa couverture à l'ouest. Un Jésus dans sa vie pourrait peut-être bien le consoler, s'il y croyait de nouveau.

J'éteins la lumière en soupirant. Je n'ai pas le choix. Pourtant, Jésus doit absolument savoir à quel point le trou dans mon cœur est de moins en moins profond. Je ne sais pas trop pourquoi, mais je pense que c'est grâce au secret.

Je l'appelle dans le noir:

— Jésus! Viens me voir! Je t'en supplie!

Le ciel noircit à vue d'œil. Je distingue à peine les deux lumières rouges sur les clochers de la basilique.

J'entends du bruit. Un léger courant d'air traverse ma chambre.

— C'est toi? Réponds-moi! J'ai un secret à te confier, moi aussi.

Pas de réponse. Je ne comprends pas. Et si c'était à cause de mes nouvelles pilules?

La semaine dernière, maman m'a dit:

— Tu nous inquiètes, Gloria. Le médecin sera ici en fin d'après-midi. Il est possible qu'il change ta prescription.

Je suis restée muette comme la tombe de Marianne. Une pilule bleue, rose ou mauve, qu'est-ce que ça pouvait bien changer? La couleur de la lumière qui danse autour de Jésus, peut-être?

Dès son arrivée, le docteur Langlois m'a examinée en disant:

— Les blessures du cœur sont très douloureuses et prennent parfois beaucoup de temps à guérir. Ta peine est difficile à supporter. Mais ne perds pas courage! La douleur diminuera un jour. Je vais te prescrire un nouveau médicament. Les effets secondaires seront moins grands. Tu ne devrais plus voir embrouillé.

Sur ces mots, il a déposé un baiser sur mon front. Comme s'il était un membre de la famille. Un oncle, par exemple.

Puis, il a parlé à mes parents. L'oreille collée à la porte, j'ai attrapé quelques grands mots au passage:

— Processus d'autoguérison... compagnon imaginaire... personnage transitionnel symbolique... parfois un ourson... créer une présence pour apprivoiser l'absence...

Maman est un peu mêlée. Le docteur Langlois ne croit pas aux apparitions. Le père Rodolphe, lui, est convaincu que c'est possible, mais il demande de ne pas en parler.

Je fais mon signe de croix les larmes aux yeux.

Avant de me glisser sous l'édredon, je dépose un petit mot dans le berceau, à côté de celui pour Marianne.

Je t'aime, Jésus!
C'est ça, mon secret.

Puis, je soulève mon oreiller pour l'arrondir un peu. Je déteste quand il est trop aplati. À ma grande surprise, je trouve le chapelet de papa. Celui qu'il a brisé. Qu'est-ce qu'il fait là? Il est réparé. Maman a probablement décidé de me le prêter pour que je le conserve. Au cas où papa regretterait son geste et désirerait le récupérer.

Le lendemain, je me lève très déçue. Le silence de Jésus est inacceptable. Il me boude. Eh bien, moi aussi! Je refuse d'aller à la basilique. Tant pis pour lui! Je passe la journée dans ma chambre. Assise sur mon lit. Les yeux rivés sur le berceau de Marianne. Comme s'il allait disparaître, lui aussi.

Maman frappe à ma porte. Avant qu'elle n'entre, je ferme la porte de la garde-robe et je me recouche en vitesse.

Que faire d'autre, un dimanche après-midi, quand il pleut, même dans ma chambre?

Elle me donne ma petite pilule blanche.

— Viens te blottir contre moi, mon p'tit poussin!

J'ai envie de hurler: «Il y a des p'tits poussins qui meurent, maman! Il y a des p'tits poussins qui meurent!» Mais je me réfugie en larmes dans ses bras chaleureux. Elle me caresse les cheveux. Ça me fait du bien jusqu'au cœur. Au fond, je n'ai besoin que de ça: un rayon de soleil dans ma vie pour percer un peu le brouillard.

Je renifle sur son épaule. Elle me berce en silence. Les mots sont inutiles quand on vit la même peine.

Papa se joint à nous. Il s'assoit à l'écart, sur la chaise en rotin. Malgré la distance, je le sens avec moi. Il me regarde, les yeux pleins d'eau. Impuissant. Incapable du moindre geste.

Maman me prend par la main.

— Allez! Viens souper! Tu as besoin de refaire tes forces, toi aussi.

Durant le repas, je m'inquiète. Pourquoi Jésus ne vient-il plus me voir? Et s'il était reparti pour de bon, dans le ciel, avec Marianne! Sans me dire au revoir, en plus! Ça, je ne l'accepte pas! Je ne lui ai rien fait!

Je chipote dans mon assiette, essayant de comprendre ce qui m'arrive. Soudain, papa éclate de rire.

Je lève les yeux vers lui, surprise.

Aussitôt, son visage s'assombrit. Comme s'il s'en voulait d'avoir osé s'amuser, un court moment, en l'absence de Marianne.

Je prends une bouchée de mon macaroni au fromage.

Un long soupir de soulagement circule autour de la table. Maman me dévisage. Papa, lui, a des tics nerveux. Ils épient mes moindres faits et gestes. Tous deux s'inquiètent, je suis tout ce qu'il leur reste.

Pourtant, je me sens seule. Abandonnée comme Jésus sur sa croix.

Je n'en peux plus. Je verse une larme dans mon plat de nouilles. Les fourchettes s'arrêtent aussitôt dans les assiettes. Les regards se tournent vers moi.

Incapable de les soutenir, je quitte la table en criant:

— Je n'ai plus faim! Je m'en vais à la basilique!

À mon arrivée, une douce musique m'accueille. Je regarde vers le jubé. Jérémie est là. Il me sourit. Avec tendresse. Il m'accompagne. Ses notes voyagent jusqu'à mon cœur. Pour le calmer. La dernière note, petite orpheline, déboule l'escalier et vient s'éteindre à mes pieds.

Seul mon cœur perturbe le silence, tant il cogne fort. Il semble résonner partout.

Je reste en bas. Muette. Au bord de l'effondrement.

Pourquoi ne peut-on pas aller au ciel sans mourir? J'irais bien rejoindre Marianne! Et la douleur disparaîtrait. Mais non. Mon corps est solide et aussi résistant que les vieux bancs usés. Par contre, mes jambes sont plus molles que la nappe de l'autel qui s'agite.

Vacillante, j'avance dans l'allée avec mon beau chapeau garni d'une petite marguerite et ma belle robe blanche. Immaculée. Que j'ai dû porter pour la visite du docteur Langlois.

J'ai mal partout. Comme grand-papa avec son arthrite. Et, comme pour lui, rien ne me soulage.

Mais où donc est Jésus? Pourquoi ne se montre-t-il pas? Fait-il exprès de se cacher comme ça? Une lueur, une toute petite lueur de rien du tout m'enlèverait, au minimum, dix nœuds dans l'estomac.

Je m'arrête à l'image de la brebis égarée. Ça me rassure, on dirait. Je me dandine d'un bord et de l'autre pour essayer de garder un certain équilibre dans ma tête. En vain. Le plancher fait de la houle.

Soudain, une lumière éblouissante traverse le ciel pastel, sort du vitrail et se répand partout autour de moi.

J'écarquille les yeux. Comme c'est beau! Tellement beau! Un vrai rêve!

Marianne est là. Devant moi. Incroyable! Je baigne dans sa lumière.

Mon regard est plein de petites flammes. C'est si bon de la revoir. Je resterais avec elle pour l'éternité.

Une douce fraîcheur m'envahit tout entière. Le calme s'installe en moi comme par magie. Ma bulle semble soudain entourée d'ouate. C'est doux. Le temps n'existe plus. Ma peur a disparu dans l'ombre ou dans le confessionnal.

Une musique angélique, à peine audible, me porte. Me soulève. Me donne des ailes.

Je m'approche d'elle.

«Petite sœur, pourquoi es-tu morte? J'ai une si grosse peine dans mon cœur. J'ai mal. Savais-tu que Jésus m'est apparu un soir, ici, dans la basilique. C'est vrai! Je te le jure! Il est venu me consoler. Me soulager de ton départ. Me protéger, aussi, de Maurice et de ses attaques empoisonnées. Te rends-tu compte? Tout ça, juste pour moi! Et il m'a même confié un secret. Écoute, je vais te le raconter.»

Je suis transportée. Les mots me viennent avec aisance, coulent, vivent. Je redeviens Gloria. Celle qui n'avait pas peur des mots, celle d'avant le départ de Marianne. Étrangement, je ne m'entends pas. Juste mes lèvres bougent. Je suis dans un autre monde. Avec elle. Et je lui livre le secret si précieux de Jésus.

La lumière se dissipe doucement. Elle retourne dans le ciel du vitrail, au son des notes qui s'éclipsent discrètement.

Soudain, un léger craquement attire mon attention. Je cligne des yeux. Ça y est! J'ai encore des hallucinations. En plein devant moi, Maurice est là. Raide. Comme une colonne de marbre. Une larme sur la joue. Aussitôt, une panique monstre me saisit à la gorge et m'étouffe.

Que fait-il là? A-t-il entendu? Ah non! Pas le secret!

Mon menton se met à trembler. J'ai fait une gaffe. Qu'est-ce que je vais devenir?

Sans un mot, Maurice sort en courant.

Mon heure vient de sonner. Il a une occasion en or de me réduire en cendre. De m'aplatir comme une hostie. De me ridiculiser à mort! Il savoure déjà sa prochaine victoire. J'en suis certaine. J'ai peur. Maurice va me narguer. Me lancer des pierres. Je l'imagine déjà, tordu de plaisir sur son siège, dès mon arrivée dans la classe.

Je me demande sérieusement où Jésus puisait la force pour endurer toutes les épines, les clous, les médisances, et tout et tout. Moi, je n'en ai pas. Et je ne veux pas subir tous ces supplices pour aller au ciel! Je ne trouve pas ça drôle du tout. Je suis loin d'être une sainte, c'est évident. Les saints sont courageux: la peur, ils ne connaissent pas. Moi, je ne suis même pas capable de tolérer les sarcasmes de Maurice!

Je dévale les escaliers qui mènent à la petite chapelle du Doux-Cœur-de-Marie et je me réfugie dans le confessionnal. Vidée, je m'assois, recroquevillée sur moi-même.

La *Septième Symphonie* remplit de nouveau ma tête et joue mon désespoir. Les notes, portées par un vent glacial, traversent les murs et sombrent dans mon gouffre. Elles s'abîment. Roulent, s'enroulent autour de ma souffrance. La déracinent. La soulèvent. La font rebondir comme un écho. Puis, dans un hurlement à faire frémir les statues, s'écroulent au fond de mon cœur comme un tas de cailloux.

Je pleure. Pour Marianne. Pour la vie qui n'a ni queue ni tête. Je suis désemparée. Comment vais-je affronter Jésus, maintenant? Il doit être déçu. Hors de lui. Je l'ai trahi! J'ai révélé le secret. Et à nul autre que Maurice, en plus!

Je viens de perdre mon meilleur ami! C'est terrible. Je sanglote.

Dans ma tête, je hurle: «C'est ta faute! Tu m'as laissée tomber! Je te déteste! Je ne veux plus JAMAIS te voir!»

7

La *Septième Symphonie*

Je ne veux pas rentrer à la maison. La nuit s'annonce longue et le lendemain trop menaçant sur le pas de ma porte. J'anticipe déjà ma peur de l'ouvrir.

Je m'endors, recroquevillée au fond du confessionnal. Mais pas pour longtemps. C'est Jérémie qui, à ma grande surprise, me réveille.

Il se penche au-dessus de moi comme un géant. Les manches bouf-

fantes de sa blouse blanche frôlent mon visage. Elles me rappellent la tunique de Jésus. Puis, il me prend dans ses bras et me soulève.

Il m'emmène en haut. Au jubé. Près de l'orgue. Et il m'installe à ses côtés.

Je porte ma main à mon front. Je suis fiévreuse. Jérémie me sourit.

— Ça va mieux?

Mieux! Ça va de mal en pis. La tête me tourne. Une vraie toupie.

— Jérémie... j'ai rencontré Jésus.

— Gloria!

— Tu dois me croire! Jésus m'est apparu. Je l'ai vu! Il m'a parlé!

Jérémie est éberlué.

— Voyons! Qu'est-ce que tu racontes? Tu as rêvé, ma belle!

Je tremble de tous mes membres.

— Tu... tu penses que ce n'est pas vrai?

— C'est difficile de répondre. Je ne suis pas médecin. Mais, tu sais, parfois on s'invente un compagnon imaginaire pour ne pas être seul quand on vit de grands malheurs.

Je suis catastrophée. Il parle comme le docteur Langlois!

— Pourquoi dis-tu ça? J'étais avec Jésus et il était vivant. Il y avait beaucoup de lumière autour de lui. Je te le jure! Je l'ai vu!

Jérémie me regarde longuement. Son silence est chargé d'interrogations. Il ne me croit pas. C'est évident. De toute façon, qui le pourrait? C'est effrayant!

Je fonds en larmes.

D'un ton à peine audible, je souffle:

— Je ne comprends pas. Des... des fois, je doute, mais...

— Le départ de Marianne t'a beaucoup affectée. La vie n'est pas toujours facile et il arrive, quelquefois, qu'on imagine des personnages pour y échapper. Ils sont le fruit de notre imagination, pour nous éviter d'être seuls avec notre souffrance. Ils nous sécurisent. Ils deviennent nos amis, nos confidents. Pour nous, ils sont vivants. Ils...

— Cesse de dire ça! Je n'ai rien imaginé du tout! Jésus est réel, aussi vrai que tu es là! Et il me parle! Il... il...

Juste de m'entendre me perdre dans mes explications boiteuses, je faiblis.

— Il serait prudent de vérifier si la dose de médicaments que tu prends est bien ajustée à tes besoins.

En une seconde et quart, je pense aux pilules que le docteur Langlois a changées. Et à ma vision embrouillée qui est doucement revenue à la normale. Mais bon, pas question de m'arrêter à ce détail. C'est trop simple.

— Il... il m'a même confié un secret.

Jérémie devient songeur.

— Et c'est quoi, ce secret?

Un lourd silence tombe sur nous. Je murmure, dans un filet de voix:

— C'est la *Septième Symphonie.*

— La mienne? Celle que je joue?

Je blêmis. Une curieuse question m'effleure soudain l'esprit. Est-ce l'histoire de Jérémie que Jésus m'a racontée?

Jérémie tente de me réconforter.

— Ne t'en fais pas! Je connais le secret. Il...

Il connaît le secret! Je n'en reviens pas! Je ne doutais pas pour rien. Je crie à tue-tête:

— Qui te l'a dit? C'est absolument impossible que tu le saches!

— Calme-toi, Gloria! Tu es dans une basilique. Prends une grande respiration.

J'en suis incapable. Je panique. Les sourcils froncés, je demande:

— Comment peux-tu le connaître? Je... je ne l'ai dit à personne!

— Désolé, ma grande, mais tu viens, entre autres, de le révéler à Maurice.

Une bombe éclate dans ma tête. Maurice. Je l'avais oublié, celui-là.

La peur se transforme soudain en un horrible diable aux mille cornes pointues. Et il reste là, planté devant moi, le monstre. Il pique et tourmente mon cœur affolé de sa grosse fourche. Impossible de le fuir. Je n'aime pas ça du tout. Vraiment pas! Va falloir que...

— J'étais à quelques mètres de toi quand tu le lui as raconté. Je ne sais pas ce qui s'est passé mais, en regardant le vitrail, tu es soudainement devenue resplendissante. Tu ne semblais plus voir ce qui t'entourait. Tu n'as même pas remarqué l'arrivée de Maurice. Il s'est approché de toi et il t'a dit: «Je... je te demande de m'excuser, Gloria! Je...» Et tu lui as parlé comme s'il était quelqu'un d'autre. Comme s'il était... Marianne.

— Marianne?

Mes joues rougissent d'un coup. Parce que c'est vrai.

— Qu'est-ce que je lui ai dit?

— Le secret. Maurice te dévisageait, incapable de bouger. Seuls ses doigts s'agitaient nerveusement sur un bouton de sa chemise.

Mourir, ça doit ressembler à ça.

Jérémie baisse les yeux et dit:

— J'ai d'ailleurs été très étonné de t'entendre raconter mon histoire...

Son histoire! Là, c'est trop. Mais à quoi joue Jérémie?

— Très peu de gens la connaissent. C'est très mystérieux, tout ça.

Je n'en reviens pas.

— Ça suffit! Raconte-la-moi d'abord! Je verrai bien si tu dis des mensonges!

— D'accord.

Jérémie prend une grande respiration et il se plonge dans son récit:

— Mon fils Jonathan est mort il y a trois ans. D'un mal inconnu,...

Son fils Jonathan? Je suis sidérée. C'est donc vrai! C'est son histoire! Qu'est-ce que tout ça signifie? Pourquoi Jésus m'a-t-il caché ce... ce petit détail de rien du tout?

Jérémie poursuit:

— ... exactement comme ta petite sœur, Marianne. Je l'aimais comme un vrai fou. Ma douleur a été terrible. Je me suis caché, terré dans le silence. J'étais incapable de parler de ma peine. Incapable de la sortir de moi. Incapable de m'installer à mon orgue. J'étais seul avec Isabelle, mon épouse. La porte de mon appartement s'était refermée sur mon énorme chagrin. Les semaines ont passé. Je n'arrivais plus à composer. J'avais beau m'asseoir à mon orgue. Rien! Aucun son n'en sortait. J'ai bien cru que mon talent était mort en même temps que mon fils. Un matin, complètement abattu et désemparé, j'ai levé les yeux vers le ciel et j'ai crié: «Seigneur! Pourquoi m'as-tu enlevé Jonathan? La vie n'a plus aucun sens sans lui.» Aussitôt, j'ai entendu une voix intérieure me répondre: «Compose la musique la plus grandiose! À la mesure et à la démesure de ton amour pour lui.»

— Est-ce que c'était la voix de Jésus? Ou de Dieu?

— Je ne sais pas. Mais je l'ai écoutée. Pour combler le vide, l'absence, le manque, je me suis jeté sur mon orgue et j'ai composé la plus triste et la plus pathétique des symphonies du monde. C'était ma septième.

— Je suis sûre que Jésus en a eu les larmes aux yeux. Tel que je le connais! Il est si sensible!

— La musique m'a redonné le souffle de vie que j'avais perdu. Par cette œuvre, Jonathan revivait! Cela m'a aidé à sortir la souffrance et la peine atroce qui m'habitaient. J'ai composé cette symphonie avec mes émotions. J'ai compris que cette œuvre m'aidait. Pendant un an, je n'ai joué que ma *Septième Symphonie.* Puis, un matin, je me suis levé avec le désir d'écrire. Pas juste pour Jonathan, mais pour les autres aussi. J'étais enfin libéré. Mais je n'allais pas oublier mon petit Jonathan d'amour pour autant. Non. Je le porte dans mon cœur pour la vie.

Je me sens désormais très proche de Jérémie. Comme si j'étais sa sœur jumelle. Et je lui dis:

— Le secret, c'est la *Septième Symphonie.* Jésus m'a expliqué que la musique s'infiltre en nous et ouvre la porte des petites cages où nos chagrins sont enfermés. Quand on s'y abandonne, la porte s'ouvre toute seule. Pas besoin de clé. Elle est l'instrument qui délivre. Qui libère. Mais, pour guérir, il faut l'écouter tant et aussi longtemps qu'il y a des larmes à verser. Il m'a assuré qu'un jour je pourrai reparler de ma sœur sans sangloter.

Jérémie me regarde en silence. Jonathan et Marianne semblent présents partout autour de nous.

— J'ai écouté, autant que j'ai pu, ta *Septième Symphonie*. J'ai pleuré comme une Madeleine. C'est long, guérir. Jésus me l'a dit. J'ai encore des boules de chagrin qui remontent dans ma gorge. Mais elles sont moins grosses. Elles arrivent à sortir. Grâce à ta musique.

— Je savais que ma symphonie te bouleversait chaque fois que tu l'entendais. C'est pour ça que je la jouais si souvent. J'étais convaincu qu'elle t'aiderait, qu'elle te soulagerait comme elle l'a fait pour moi.

Je suis tout émue. Les mains sur mon cœur, je murmure:

— Merci, mon Jérémie!

— Après que tu eus révélé ce secret devant Maurice, je n'ai pas hésité un seul instant: j'ai fait éclater la *Septième Symphonie*.

— Il a dû avoir des crampes dans le ventre. Avec plein de larmes, de reniflements, et tout et tout. C'est pour ça qu'il est parti tout remué.

Juste d'y penser, j'en ai des frissons.

J'observe Jérémie. Il est le plus bel organiste que j'aie jamais vu de toute ma vie. Et il a beaucoup beaucoup de trous dans son cœur, lui aussi. Je le sais, maintenant. Autrement, il n'aurait jamais pu composer une telle symphonie. C'est pour ça qu'il devient tout crispé et tout tendu quand il la joue. Comme si l'orgue était la continuité de ses propres douleurs.

Des larmes me montent aux yeux et je me jette dans ses bras.

Je l'aime, ce Jérémie. Comme un grand frère. Sa musique est notre lien. Notre guérison.

— Jérémie!

— Oui?

— Quelque chose me chicote. Pourquoi est-ce Jésus qui m'a raconté ton histoire? Pourquoi ce n'est pas toi? Comment expliques-tu que je la connaisse?

— Je t'avoue que je ne comprends pas plus que toi ce qui s'est passé. C'est un grand mystère.

106

Je me penche par-dessus la balustrade. Mon sang devient tout chaud d'un coup. À en rougir. Jésus est là. En bas. Je vais enfin pouvoir prouver à Jérémie que je ne me raconte pas des histoires.

— Regarde! Regarde! Jésus est là!

Je dévale les marches en courant. Arrivée en bas, je tourne la tête vers le jubé. Jérémie est bouche bée. Il semble ne rien voir.

Je me précipite vers Jésus. Il est plus flou, plus pâle que d'habitude. Comme si sa lumière faiblissait.

— Jésus! Tu es enfin de retour! Je croyais que tu m'avais abandonnée pour de bon!

— *J'étais toujours là! Tu n'as pas senti ma présence?*

Je le bombarde de questions:

— Mais où étais-tu? Pourquoi m'as-tu confié le secret de Jérémie? Pourquoi pas lui? Pourquoi ne me l'as-tu pas révélé dès le jour de notre première rencontre? M'en veux-tu de l'avoir dit à Maurice? Pourquoi es-tu plus pâle que d'habitude? Es-tu en train de disparaître?

Jésus sourit.

— *Reprends ton souffle, Gloria!*
Non. Je ne t'en veux pas de l'avoir dit
à Maurice. Et si j'ai attendu au lende-
main pour te dire le secret, c'est parce
que tu n'étais pas prête à m'entendre.
Ni à me faire confiance. En passant
par moi, et non par Jérémie, l'impact
était plus grand. C'est la musique qui
nous a réunis. Et c'est grâce à elle que
tu m'as rejoint tous les jours ici pour
apaiser ta peine.

— Je n'allais pas te rejoindre! Je
venais écouter Jérémie.

— *C'est ton âme qui était tou-*
chée, Gloria. C'est ton âme. L'orgue
joue la musique de l'âme. Elle mon-
tait directement au ciel avec les lar-
mes que tu versais. Tu ressentais le
besoin de partager ta souffrance. Je
les ai entendus, tes sanglots. Je les
ai vues, tes larmes de tristesse.
J'étais près de toi. Je te laissais ex-
primer ta douleur. Je savais que ça
te libérait. Je te soutenais. Parce que
je t'aime.

Jésus poursuit, comme si de rien
n'était:

— *Tu étais si triste, Gloria. Si trou-*
blée. C'était normal de réagir ainsi.
Maurice a remarqué aussi ces chan-

gements, mais il refusait de voir ce que tu vivais. Il te taquinait. Voyant la réaction de la classe et le succès qu'il obtenait, c'est devenu un jeu cruel. Cependant, Maurice est bon.

— Maurice? Bon! Que faisait-il là, d'ailleurs? Il va me ridiculiser comme jamais. Imagine à l'école, demain!

— *Il n'aura plus jamais la même attitude envers toi.*

— Voyons donc!

— *Il t'a écoutée, bel ange, et il a compris. Ta façon d'exprimer ta douleur aurait ébranlé le monde entier s'il en avait été témoin. Devant la souffrance d'une autre personne, les êtres humains se transforment souvent. Si tu savais comme il a peur. Comme il regrette, aussi. Je l'ai vu sortir en larmes. Crois-moi, en ce moment, il est rongé de remords.*

— C'est vrai? Maurice a peur? Et il a des remords?

— *Il est très sensible, malgré les apparences. Et maintenant qu'il connaît mieux ton drame, il sera différent avec toi. Donne-lui une chance de réparer le mal qu'il t'a fait.*

— Je... je vais essayer. Mais ce n'est pas garanti, là! S'il continue...

— *Il ne continuera pas. Autrement, il ne serait pas venu te demander de l'excuser.*

— De l'excuser? Ah oui! C'est vrai. Je n'en reviens pas encore.

Je réfléchis.

— Mais... je pense qu'il ne t'aime pas.

— *Maurice n'est pas obligé de croire en moi pour être ton ami. Ni de m'aimer.*

— Ah!

Ma douleur est soudainement moins lourde. Je sens une fissure s'ouvrir dans ma bulle. Et l'air s'y infiltrer en douce.

— Jésus, je respire!

Je le regarde. C'est à peine si je distingue son visage. Que se passe-t-il? Pourquoi n'est-il plus comme avant?

D'un ton grave, il m'annonce:

— *Je suis venu t'apporter un peu de réconfort. Maintenant, je dois partir.*

— Tu t'en vas! Comment ça? Pour combien de temps?

— *Pour toujours!*

— QUOI! Pour... pour... toujours? Quand?

— *Dans quelques instants. Je suis venu te dire au revoir.*

Une petite voix effrayée s'énerve en moi. S'entête. Refuse.

— NON! Ne pars pas! Tu n'as pas le droit de me faire ça! J'ai besoin de toi! Je veux que tu restes! Il va me falloir trop de *Septième Symphonie,* si ça continue comme ça!

— *Je dois repartir. Ne t'inquiète pas. Je vais m'occuper de ta petite sœur, c'est promis.*

Je prends une grande respiration et je baisse les yeux pour qu'il ne remarque pas ma peine. Mais il la voit, bien entendu. Il m'enveloppe de sa lumière. Comme pour me transmettre son énergie. Je sens une source fraîche couler en moi.

— *N'aie pas peur! Je serai toujours en toi. Je t'accompagnerai partout où tu iras.*

— Je t'aime.

— *Moi aussi.*

Et Jésus s'éloigne. S'élève dans les airs, entouré de son faible halo de lumière. Il s'éteint, puis disparaît. À jamais. Étrangement, la tempête ne se lève pas en moi, mais juste une petite brise de rien du tout. J'ai moins peur de demain.

Je rejoins Jérémie qui, évidemment, n'a rien vu. Il me taquine un peu.

— Comme ça, tu parles vraiment à Jésus!

Nos rires s'entremêlent.

Le brouillard se dissipe de plus en plus dans ma tête. Il ne m'obstrue plus la vue.

Jérémie s'installe à son orgue et ses doigts s'élancent sur les claviers. Il semble s'amuser avec les anges du ciel. Il a le bon Dieu au bout des doigts. Il improvise divinement une musique d'au revoir, avec des notes qui se tortillent de joie et qui s'éparpillent comme une pluie de confettis. Elles sont de toutes les grosseurs. De toutes les couleurs. Et elles dansent. Elles chantent. Elles sourient, elles aussi... à la vie éternelle. Emportant, comme par miracle, ma bulle avec elles.

— Au revoir... Marianne! Au revoir, Jésus!

Et une petite voix intérieure me répond:

— *Au revoir, Gloria! Ne crains pas. Je serai toujours avec toi.*

Table des matières

Collection Papillon
Directrice: Linda Brousseau

Imprimé au Canada

**Imprimeries
Transcontinental inc.**
DIVISION MÉTROLITHO